たとえばお伽噺に出てくるような、そんな魔法使い

HE is
in tHE

目次 He is a kind of the wizard in the fairy tale.

001　やって来た留学生

「お伽噺じゃないんですから」

その言葉を、何度聞かされたのかもはや分からない。

でも今、目の前にあるのは現実にはあり得ないような光景だった。

「最高位、精霊様……」

生まれて初めて、その姿を目にした。

彼さえいなければ、きっとこれから先もずっと死ぬまで見ることが出来なかっただろう存在。

もっと見たい、見続けたい。

そんな思いとは裏腹に、自然と頭を垂れてしまう。

その存在感が、まさに目の前の存在が、自分などでは足元にも及ばないような高みにいる存在なのだと言外に告げていた。

それでもきっと彼はまた否定するのだろう。

最高位精霊？

何ですかそれ、と。

そしていつもみたいにとぼけた口調でこう言うのだ。

『お伽噺じゃないんですから』

これまではそれでも良いのかもしれないと思っていた。

でも、今回こそは認めさせてやる。

この光景こそが、お伽噺なのだと。

そして、エレン＝ウィズは。

お伽噺に出てくるような、そんな魔法使いなのだと。

◇　◇

「……ふぅ。やっと着いた」

馬車から降りた黒髪黒目の青年――エレン＝ウィズは開口一番にそう呟いた。

といっても本来であれば数日かかるところを何時間にまで短縮した結果がこれなので、これ以上高望みをすることは出来ない。

「それにしてもやっぱりお城っていうのはどこの国でも大きいものなんだね」

エレンは視線をあげながら、どこか達観しているような表情を浮かべている。

「エレン様、お疲れのところ申し訳ありませんが謁見の時間が迫っておりますので」

「あ、はい。今行きます」

そんなエレンに一人の騎士らしき男が声をかけてくる。

まさか指示に従わないなどという選択肢があるはずもないエレンは騎士の言葉に素直に頷くと、その背中を追って城の中へ入っていった。

「この度、ヘカリム国より留学生として参りましたエレン＝ウィズです」

「ほう、貴殿がエレン殿か。私はアニビア国国王ビブリア＝アン＝アニビアだ。この度はわざわざ遠方よりご足労であった。まずは到着したばかりでこのような場を設けてしまったことを謝罪しよう」

エレンの連れてこられた部屋には、エレンと国王を含めてもう一人しかいない。

既にエレンをここまで連れてきた騎士は部屋から出ていってしまっている。

てっきりこういう謁見は他にも大勢の国の重鎮たちや騎士たちに見守られながら行われるものだと思っていたエレンは少し意外に思いながらも、国王との会話を進める。

「とんでもありません。私のような者を留学生として受け入れて下さり感謝の言葉もありません」

「またそのようなことを。貴殿の噂は聞いておるぞ」

「……？」

国王の言葉にエレンは僅かに首を傾げる。

「……まあよい。今はそんなことよりも他に大事な話があるのでな。ジョセ」

「──はっ」

国王の声に、部屋の中にいたもう一人が一歩前に出る。

ジョセと呼ばれたのは茶髪の男で、年は国王と同じ四十代くらいだろうか。

その一挙一動はエレンの目から見ても、とても真似できるものではない。

恐らく積年の努力の末の習慣なのだろうと窺える。

「これからエレン殿には国立学園に通ってもらうことになるが、卒業までの約二年半はリュドミラ家の下で生活してもらうことになる」

「えっ……」

ヘカリムで高等部に通い始めたばかりのエレンはこちらでも高等部一年に編入することになっている。

留学期間は卒業までの約二年半。

ちょうど長い夏季休暇明けからの登校予定だ。

しかし国王の言葉にエレンは驚きの声をあげる。

「不満に思うのも無理はない。本来であればエレン殿の処遇については王城で面倒を見る予定だったのだが、さすがに周りが了承してくれなくてな。言い方としては失礼かもしれないが妥協案として公爵家であるジョセの下で預かってもらうことになったのだ」

「こ、公爵家ですか」

「やはり王城の方が良かっただろうか？」

「い、いえ、そういうことではなくてですね……」

国王の提案に、エレンは慌てて首を振る。

「どうしてそんなに好待遇なんでしょうか」

エレンの疑問は国王の心配とは全くの逆だ。

「ただの平民が留学している間とはいえ公爵家のお世話になるというのはおかしいでしょう？」

ヘカリム国内において、エレンの身分は高くない。

それも貴族云々の話ではなく、一人の平民に他ならないのである。

「なるほど、こういうことか」

「……こういうこと、とは？」

国王の意味深な発言にエレンは僅かに目を細めながら尋ねる。

「いいや、こちらの話だ。まあどちらにせよ、ジョセの家で預かってもらうということは既に決まったことだ。今から別の家を探すわけにもいかないので、それについては諦めてくれると助かる」

「……そういうことなら」

未だに納得の表情は見せていないものの、ここでこれ以上何かを言っても迷惑になるだけだと判断したエレンは大人しく引き下がる。

「それでは後のことは頼む。くれぐれも失礼のないようにな」

「はっ。お任せください」

国王の言葉にジョセは見事な角度で頭を下げる。

しかしエレンからしてみれば、ただの平民にそこまで気を遣われても……と思わずにはいられない。

とはいえ自分が平民であるにせよ相手が公爵であるにせよ、こちらから失礼なことをしないに越したことはないだろう。

エレンはこれからの行動に気を付けていこうと心の中で決意した。

◇　◇

「それじゃあ改めて自己紹介といこうか」

今、エレンはリュドミラ家の邸宅のリビングでソファーに座っていた。

「私はジョセ＝リュドミラ。リュドミラ家の当主をやっている」

向かい側のソファーに座るジョセは手短かに自己紹介を済ませると、ちらりと視線を横にずらす。

「私はレオナ＝リュドミラよ。この人の妻で、基本的に家にいることが多いわ。これからしばらくよろしく頼むわね？」

「……エレン＝ウィズです。こちらこそよろしくお願いします」

レオナの物腰の柔らかさに、エレンは戸惑いつつも自己紹介を返す。

「そう緊張するな。今日からここは君の家でもあるんだから」

「いえ、そんな……。平民の自分には恐れ多いです」

エレンが初めにリュドミラ家の邸宅を見た時、あまりの大きさに思わず驚かされたのは言うまでもない。

そして今日からここが自分の家だと言われて、頷けるほどエレンは貴族慣れしていなかった。

「どちらにせよ対外的にエレン君の身は、私たちの家で預かっていることになるんだから、あんまり卑屈すぎるのもだめよ？」

「……善処します」

とはいえレオナも半ば冗談だったのだろう、優し気な笑みを浮かべている。

当然そのことに気付かないエレンではないので、苦笑いを浮かべながら頬を掻く。

しかし確かにレオナの言うことも一理あるので油断は出来ない。

「まあそういうのは少しずつ慣れていってくれればいい。使用人たちのこともその都度、紹介していこう」

「お願いします」

エレンとしてもたくさんの人数の顔と名前を一斉に覚えるのは大変だ。

それに公爵家といえば普通の貴族たちに比べても使用人は多いだろう。

家の大きさからだけでもそれを予想するのは容易だ。

「本当はあと一人紹介したかったんだが、どうにも予定が入ってしまったみたいでね。紹介は夜になりそうだ」

「……？　分かりました」

夜、ということは恐らく夕食の時にでも紹介してくれるのだろう。

ただエレンからすれば貴族――それも公爵家で食事するなんて初めての体験だ。

これならもっと色々と勉強してくるべきだっただろうか。

エレンは密かにため息を零《こぼ》しながら、リビングを出て行く貴族夫婦の背中に視線を向けた。


「どういうこと？」

「……というと？」

レオナに連れ出されたジョセは、その言葉の意味を理解しながらもあえて聞き返す。

「あの子――エレン君のことよ。あなたから聞いていた話と全然違うんだけど？」

「ああそのことか。私も初めて会った時は驚かされたよ」

ジョセは謁見の間でのことを思い出す。

あの時確かエレンはこう言ったのだ――『ただの平民』だと。

耳を疑った。

国王から聞かされていた情報だけを鵜呑みにしても尚、『ただの平民』だと言う彼は一体どれだけ分厚い化けの皮を被っているのかと思わず二度見してしまったほどだ。

それにあの嫌というほどまでに冷たい視線。

貴族社会を生きてきた身でも、あそこまで息苦しくなるような視線を向けられたことはない。

「ただ、それについては追加情報を貰っておいた」

「追加情報……？」

「ああ、実は――」

ジョセは謁見後、国王に密かに教えてもらった彼に関する情報を、決して誰にも聞かれないよう気を配りながら、レオナに耳打ちした。

002　街の案内　上

「初めまして、リリアンヌ＝リュドミラと申します。自己紹介が遅くなってしまい申し訳ありません」

「エレン＝ウィズです。これからお世話になります」

夕食の際、まだ顔合わせを済ませていなかった二人が軽く自己紹介をする。

もっと何か自己紹介することはないのかとリュドミラ夫妻が娘のリリアンヌに視線を向けるが、本人は全く気にする素振りはない。

「じ、じゃあそろそろいただこうか」

「そ、そうね」

ジョセたちが料理に手を付け始めたのを見て、リリアンヌも手を動かし始める。

「…………」

その中でエレンだけが手を動かさず、じっとリリアンヌのことを見つめていた。

というよりも目を奪われていた、という方が正しいだろうか。

どこか現実離れした白髪《はくはつ》。

それが腰のあたりまで伸びているにも拘わらず、完璧に梳かれている。

加えてその容姿も当然のように整っている。

——綺麗だ。

「……っ」

そのタイミングで偶然にも、リリアンヌと視線が重なる。

内心相当な焦りを抱きながらも、何とか平静を装うエレン。

そんなエレンに、慣れない貴族の雰囲気に緊張しているとでも思ったのか、リリアンヌは笑みを浮かべる。

エレンは邪な感情を抱いているなどと思われないように、出来るだけ自然に笑みを返す。

「……っ」

「……?」

しかしどういうわけかすぐにその視線を逸らされてしまう。

もしかしたら何か嫌な思いをさせてしまったのだろうかとエレンは若干気を落としながら、ようやく料理に手を付け始めた。

◇　◇

「今日は生活に必要なものを買いに行きましょうか」

「？　別に何か特段必要なものはないような気がするんですが」

「まあ確かにそうかもしれませんが、一応、街の案内も兼ねてますから」

「あ、そういうことだったらぜひお願いします」

エレンが公爵家にやって来た翌朝、朝食を食べている途中でリリアンヌが今日の予定について言ってくる。

留学してきたばかりのエレンにとってその提案は正直ありがたい。

すると今度はジョセが思い出したように会話に入って来る。

「それならエレン君に服を何着か買ってあげなさい」

「えっ、そんな悪いですよ。それに何着かは向こうから持ってきてますし……」

しかしジョセは首を振る。

「服とはいっても主に正装の方だよ。エレン君は仮にも留学生としてアニビア国に来ているわけだから、そのうち何かしらの式典やパーティーに参加する必要が出てくるかもしれない」

「そ、それはそうかもしれませんが……。でも正装なら別に制服でも構わないのでは？」

「念の為だよ。それに貴族というのは見栄を張ってなんぼだからね」

「そういうものですか」

「あぁ。だから今日の内に何着か買ってくるといい」

恐らくジョセの言う貴族というのは、公爵家というのも大きく関係しているのだろう。

確かに数多くの貴族の中でも公爵家といえば、とりわけそういうことに関しては気を遣うのかもしれない。

それに公爵家現当主がそう言うのであれば、それに従わないわけにはいかないだろう。

「それじゃあ準備ができ次第、リビングに集合ということで」

朝食を食べ終えたらしいリリアンヌが上品に口を拭きながら呟いた。


「ここからが商店街で、色々なお店が並んでいます。生活に必要なものであれば、ここあたりで大体揃うはずです」

リリアンヌの言葉にエレンが頷く。

ヘカリム国にも大きな商店街があったが、それと同じくらいの規模がある。

暇な時はここで時間を潰すのもいいかもしれないとエレンは辺りを見渡す。

「とりあえず初めに服を仕立ててもらいましょうか。どうせ受け取りにも時間がかかるでしょうから」

「分かりました」

リリアンヌに連れられてやって来たのは商店街の中でも大きい方の店だった。

中に入れば、当然だが服がたくさんあり、私服から正装までその種類は豊富だ。

ただそのどれもに明らかに良さそうな生地が使われている。

恐らく貴族御用達の服屋なのだろう。

「………」

エレンは慣れない空気に憂鬱感を抱かずにはいられない。

「エレンさん。こちらに」

「あっ、はい」

リリアンヌの下へ向かうと、そこでは既に店員が採寸のための道具を持って待ち構えている。

この状況で「やっぱり正装は必要ないです」などと言える雰囲気ではない。

そんなことをすればリリアンヌからの心証が悪くなるだけでなく、貴族としてのリリアンヌに恥をかかせてしまう。

「じゃあ測っていきますね」

「……お願いします」

エレンには店員の言葉に大人しく従う選択肢しか残されていなかった。

「それじゃあ出来上がったものはリュドミラ邸にお届けしますので」

「はい。それでお願いします」

慣れない空気に疲労を隠せないエレンだったが、長かった採寸もようやく終わる。

ただ商品が出来上がるまでには時間がかかるらしく、結局、リュドミラ邸に届けてもらうということになった。

因みに代金に関しては、エレンが採寸をしている際に、リリアンヌが既に支払いを済ませてしまっていたらしい。

「二着も必要だったんでしょうか……？　一着でも相当な値段ですよね、あれ」

「気にしないでください。今日からエレンさんはリュドミラ家の一員といっても過言ではないんですから。それに念には念を入れておいて損はないでしょう？」

「そういうものですか」

「そういうものです」

間髪容れずに答えるリリアンヌに、エレンは諦めてため息を吐く。

貴族の一人娘がそう言うのだから、きっとそうなのだろう。

「ん、あの大きな建物は何ですか？」

店を出た二人が再び商店街を歩いていると、ふと一つの建物がエレンの視界に入る。

商店街にある数多くの建物の中でもとりわけ大きなその建物は、他の店とは違い、看板も無ければ、どんなお店なのかも分からない。

ただ正面に大きな扉が一つあるだけだ。

「あれは〝冒険者ギルド〟ですね」

するとリリアンヌは一枚のカードを取り出す。

「あそこで冒険者に登録すれば、ギルドで依頼を受けられるようになります。依頼をこなせば報酬が貰えるので、学生の中にも活用している人は多いですね。因みにこれがギルドカードというもので、冒険者に登録した際に貰えます」

「Cランク、ですか？」

エレンはまじまじとリリアンヌのギルドカードを見る。

「ええ。冒険者にはランクというものがあって、基本的にはA～Gランクまでに区分されます。冒険者の実力を端的に表したもの、とでも思っていただければいいと思います」

そこまで説明して、リリアンヌはふと思い出したように言う。

「ヘカリム国にも冒険者ギルドはありますよね？　行ったこととかは無いんですか？」

「ギルドには行ったことありますよ。ただこっちの冒険者ギルドと仕組みが同じなのか気になって」

「あ、そういうことだったんですね。確か仕組み自体は同じだったと思いますが、国ごとにギルドの運営も違いますから、こちらでもう一度、冒険者として登録しないといけなかったはずです」

リリアンヌの言葉に「なるほど」と頷く。

ただリリアンヌの『Cランク』というのがどのレベルなのか、エレンには分からない。

いくら仕組みが同じとはいえ、それではまた勘違いされてしまう。

それにリリアンヌの言葉が本当なのであれば、どちらにせよGランクから始めなければいけない。

それならわざわざSランクのギルドカードなど見せる必要も無いだろう。

だがリリアンヌの言葉を借りるのであれば、念には念を入れておいて損はない。

——登録するのは、一人の時にしよう。

エレンは冒険者ギルドを見上げながら、そう決めた。

003　街の案内　下

「とりあえず商店街の紹介については、こんな感じでしょうか」

「最初に言われた通り、本当に色々な種類のお店がありましたね」

「全部の店を回ってたら、それこそ数日かかるんじゃないでしょうか」

商店街の案内をしてもらい始めてしばらく経ち、ようやく粗方の紹介が終わる。

リリアンヌが笑みを浮かべながら、冗談めかして言う。

「確かにそうかもしれませんね。残りは自分で探索してみようと思います」

自分で開拓していくというのも、新しい土地での楽しみ方の一つだろう。

それに、この空気感はどうにも慣れない。

エレンはさっと辺りを見渡す。

やはり多くの視線が向けられている。

もちろんエレンにはそんな視線を向けられる心あたりなどはない。

だとすれば、

「……リリアンヌさん、だよなぁ」

リリアンヌに悟られぬように隣を歩く彼女を盗み見る。

エレンの目から見ても、綺麗だと思わざるを得ない容姿。

そしてそんな彼女が公爵家の娘であるということは国内でも、貴族に限らず、ある程度知られているのではないだろうか。

事実、服屋の店員はリリアンヌのことを知っている様子だった。

「どうかしましたか？」

「……いえ、何でもありません」

エレンの視線に気付いたリリアンヌの言葉に首を振る。

「今日はもう帰りますか？」

「他に行ってみたいところがあるなら案内しますよ？」

リリアンヌの言葉に少しだけ考える素振りを見せるエレンだが、すぐに思いついたように顔を上げる。

「それなら一つだけ行ってみたいところが――」

◇　◇

「ここが今度から通うことになっている国立学園ですか」

「正確には来週から、ですね」

二人の前には冒険者ギルドよりも遥かに大きい建物——国立学園の校舎があった。

二人はその校門の前に立っている。

エレンがリリアンヌに案内してもらってまで見てみたかったのはここだ。

留学生として、ここで約二年半、勉強することになっている。

「まだ正式な生徒としては登録されていないので、中には入れないんですけどね」

リリアンヌは苦笑いを浮かべる。

「楽しみですか？」

「まぁ、それなりには」

この学園で勉強できることを、エレンは少なからず楽しみにしていた。

確かに知らない土地で一人というのは緊張するが、出来るなら新しい友達と楽しい毎日を送りたいと思っている。

「国王様の計らいで、私と同じクラスにしていただけるようなので、何かあればすぐに頼ってくださいね」

「それは正直助かります」

エレンとしても新しいクラスに知り合いが全くいないというのは辛いだろうと思っていたのだが、

リリアンヌがいてくれるのであれば心強い。

リリアンヌを介して、他のクラスメイトとも話すことが出来るだろう。

「今日は色々とご迷惑をおかけしてすみません」

ちょうど良いと思い、エレンは今日のことに対して謝罪する。

もしかしたらリリアンヌにとっては貴重な休みを浪費する結果になってしまったのかもしれない。

そう考えると、いくら仕方なかったとはいえ申し訳ない。

しかしエレンの思いとは裏腹に、リリアンヌは首を振る。

「迷惑だなんて思わないでください。これから一緒に暮らすエレンさんとお話しできただけでも、私にとっては有意義な一日でしたよ」

「でも……」

「それに今は謝罪の言葉よりももっと別に相応しい言葉があると思うんですが」

どこか拗ねたように身を乗り出してくるリリアンヌに、エレンは観念したようにため息を零す。

「今日は案内してくださってありがとうございました」

「どういたしまして」

長い白髪を揺らしながら嬉しそうに微笑むリリアンヌ。

もし商店街のような人の多いところで、こんな表情を浮かべられたら、どれだけの視線を集めてしまうのだろうか。

そう考えると、エレンは二重の意味でドキッとさせられたのだった。

◇　◇

「いよいよ今日からですね。やっぱり緊張しますか？」

「ええ。それなりには。ただリリアンヌさんも同じクラスにいると思えば、少しは気も楽になるんじゃないかと期待してます」

「ふふ、それは期待に応えられるように頑張らなければいけないですね」

エレンが留学生としてアニビア国へやって来てから、ちょうど一週間が経った。

今日から遂にリリアンヌの通う学園へ編入することになっている。

「今更ですけど、確かこの国では魔法使いや精霊使いなどのあらゆる方面の人材育成を目指しているんでしたよね？」

「はい。その通りです。そのため学園には優秀な魔法使いや精霊使いの教員が常駐しています。ただエレンさんの出身地のヘカリム国のような、精霊使いを育成することに重点を置いたりしているところに比べると、どうしてもその分野では見劣りしてしまいますけどね」

これから通う学園に対して早速マイナスの印象を与えてどうするのか、とリリアンヌは苦笑いを浮かべる。

だがしかしリリアンヌの言うことは的を射ており、エレンも重々承知しているところだ。

主に精霊使いの育成を目指しているヘカリム国は、こと精霊に関しては、他のどの国よりも人材が集中しているのは間違いない。

しかしアニビア国は、これといった分野に集中するのではなく、あらゆる分野に手を伸ばして教育に生かしている。

端的に言えばヘカリム国は「優秀な精霊使い」の育成を目指し、アニビア国は「魔法を使ったり、精霊を使役できたりする学生」の育成を目指しているのだ。

もちろんそれぞれの分野には才能も大きく関係してくるので、あらゆる分野を均等に扱うのはそれだけで相当に厳しいのだが……。

「とりあえずそろそろ学園に向かいましょうか」

「そ、そうですね」

気まずさで無言になっていたところで、エレンが呟く。

今二人は家を出ようとしていたところで、あまり長話は出来ない。

さすがにエレンも編入初日から遅刻したいとは思わない。

「あら二人とも今から？　気を付けていってらっしゃい」

そこで偶然玄関を通りかかったレオナが声をかけてくる。

二人は靴を履いて立ち上がると「いってきます」とそれぞれ言い残して、玄関を出た。

◇　◇

「おう。なんだエレン、制服なんか着て」

「おはようございます。実は今日から学園に編入するんですよ」

「そうなのか。じゃあまた休みの時にでもうちに来てくれよ。サービスするぜ？」

「はい、その時はぜひお邪魔させていただきます」


「あら、エレン君じゃない。その恰好、もしかしてこの前言ってた編入って今日からなの？」

「そうなんです。なので今からどきどきしてます」

「またまた、そんなこと言って。あたしがいくら誘惑したって眉一つ動かさないくせに」

「そんなことはありませんよ。僕だって緊張くらいします」

「じゃあお姉さんが朝からどきどきさせてあげよっか？」

「……遠慮しておきます」


「あっ、エレンちゃ～ん。今日もうちのお店に寄ってく？」

「いや、今日から学園に編入するので……。それに今はまだ早朝ですし、お店の開店準備も出来てないんじゃないですか？」

「もう！　エレンちゃんのためならおばさんすぐにでも開店しちゃうわっ！　でも学園に行かないといけないいんだったら仕方ないわね。その代わりまた暇な時にはお店に寄ってちょうだいね？」

「はい、分かりました」

「………………」

「あの、リリアンヌさん？　どうかしましたか？」

「いや、エレンさんっていつの間に商店街の人たちとあんなに仲良くなったんです？」

リリアンヌはこれまでの光景に驚かずにはいられない。

商店街を通れば、何人もの店主と思しき人たちから声をかけられた。

その数ざっと十数人。

しかもその全てがエレンに親し気な口調で話しかけていた。

エレンがアニビア国へやって来てから、まだ一週間しか経っていない。

更にその内の数日は色々な手続きに付き合ったりしていたので、実際、エレンに暇があったのは二、三日といったところか。

一体その間に何があったのか。

リリアンヌもずっとエレンと行動を共にしていたわけではないので、エレンが商店街で何をしていたのかは知らない。

しかしこの短期間でどうやったらそこまで親し気に話しかけられるようになるのか。

むしろ何度もこの商店街を通っているはずのリリアンヌよりも、交友関係が広いと認めざるを得ないだろう。

もちろんリリアンヌがこの国の大貴族の一人娘というのが大きなハンデとなっているのは間違いない。

そしてきっとエレンの人柄も関係しているのだろう。

それに関しては一週間、同じ家で生活していてリリアンヌもよく理解している。

だがそれでもたった数日で商店街における交友関係を抜かされたというのはリリアンヌとしてもショックが大きい。

「エレンさんって実はすごい人だったんですね」

「いや、そんなことは全くないですけど」

若干の皮肉を込めての言葉だったのだが、エレンはそれに気付かない。

リリアンヌはそんなエレンに小さくため息を吐く。

「……なんか、学園でエレンさんの手助けする気がなくなってきちゃいました——」

「えっ!?」

「冗談ですよ」

「や、やめてください。本当に驚いちゃったじゃないですか」

「ふふっ、ごめんなさい」

リリアンヌの言葉にホッとしたような表情を浮かべるエレン。

ただ、さっきの光景を見たらどうしても思ってしまう。

——エレンさんなら、すぐに自分で友達を作ってしまうのではないでしょうか。

そんなことを思っている間にも、また八百屋の店主に声をかけられているエレンに、リリアンヌは何度目か分からない苦笑いを浮かべた。

004　編入初日

「ヘカリム国から留学生として、この学園に編入することになりましたエレン＝ウィズです。これから卒業までお世話になると思いますが、よろしくお願いします」

学園へ着いたエレンは初めに職員室へ向かい、今は担任に連れられて教室にやって来ていた。

これから授業を共にするだろうクラスメイトたちからの視線を向けられながら、エレンは事前に用意していた自己紹介を淡々と済ませる。

「おお！　君が噂の編入生くんだね！」

「う、噂ですか？」

初対面でお互いの認識は今回が初めてだと思っていたエレンにとって、その反応はエレンが予想していなかったものだった。

どうやらエレンの知らない内に、クラスメイトに自分のことを知られていたらしい。

可能性としてエレンが思いついたのはリリアンヌくらいだ。

しかし教室の端の方の席に座っていた件のリリアンヌに視線を向けてみると、何も知らないといった風に首を横に振る。

それでは一体どういう経緯で自分のことを知ったのだろう。

エレンは今しがた「噂の新入生くん」と称してきたクラスメイトを見る。

そこには今もなおエレンに興味津々といった風の視線をぶつけてくる眼鏡をかけた緑髪の女子生徒がいた。

そんな彼女はどこかお調子者っぽい。

周りのクラスメイトも彼女の性格を十分に理解しているのか、誰も止めようとはせず、むしろ「あぁまたか」みたいな表情を浮かべている。

「何でも〝聖女〟様と二人で仲良さそうに商店街をデートしていたとか」

にやにやと笑みを浮かべる女子生徒は、その情報が真実であると確信しているかのように告げる。

しかしエレンはそれ以上に知らない単語が出てきて首を傾げる。

「聖女って何ですか？」

「…………」

エレンの言葉に眼鏡の女子生徒は出鼻を挫かれたように体勢を崩す。

気付けばほとんどのクラスメイトも苦笑いを浮かべている。

妙な反応にエレンはもう一度「二人で商店街……？」と首を傾げる。

「――あ」

そこで一つの考えに思い当たる。

と同時に、眼鏡の女子生徒が咳払いをした。

「聖女様っていうのは、他でもないリリアンヌ＝リュドミラ様のことよ！」

「あー……」

エレンが窓際のリリアンヌに視線を向けると、我関せずといった風に窓の外に視線を逸らしている。

どうやらやはりエレンの予想通り、眼鏡の女子生徒の言う〝聖女〟というのはリリアンヌのことで間違いないらしい。

そもそも留学してきてからの一週間で、エレンが誰かと一緒に商店街を回ったのはリリアンヌだけだ。

それにしても〝聖女〟か。

正直リリアンヌがそう称されることに、何の違和感も感じない。

エレンは窓際に座る彼女の横顔を見て、確かに聖女という言葉がぴったりだと納得する。

そしてリリアンヌや他のクラスメイトたちの反応を見るに、その〝聖女〟というのが眼鏡女子だけが使う呼称でないことも明らかだ。

ただその聖女というのが、リリアンヌの容姿に対してのそれなのか、他に要因があるのか、はたまたその両方なのかはまだ分からない。

少なくとも容姿に関してはまさに聖女のそれだとエレンは思った。

「それで、やっぱり二人でデートしてたの？　ん？」

「……確かに二人で商店街には行きましたが、それはこちらに来たばかりで右も左も分からない僕にリリアンヌさんが案内してくれてただけですよ」

「つまりデートではない、と」

「はい、残念ながら」

眼鏡女子はその言葉が嘘か真かを見極めようと、エレンをじっと見つめてくる。

その表情は先ほどまでとは打って変わって真剣そのものだ。

突然の豹変っぷりにエレンも意外に思うが、眼鏡女子はすぐにその表情を止め、ため息を零す。

「なーんだ。つまんないのー」

眼鏡女子はそれ以上の興味を失ったのか、机に突っ伏す。

とんだマイペースだが、これが彼女の普段からの姿なのだろう。

また何か噂になるようなことがあれば、根掘り葉掘り聞かれるかもしれないと思うと、少しだけ憂鬱だ。

しかし彼女のお陰で編入生という新しいクラスメイトに対する印象や雰囲気がプラスに動いたのは間違いない。

恐らくそんなことは彼女にとってどうでもいいことなのだろうが、エレンからすれば十分にありがたかった。

とりあえず初めの自己紹介も済んだので、エレンは担任に空いている席に座るように言われる。

するとリリアンヌが気を利かせて隣に座れるようにしてくれたので、その厚意に甘えることにした。

さっきの噂話が噂に過ぎないことは既に伝えたとはいえ、エレンが隣に座ったことでクラスメイトたちの黄色い声があがる。

しかし担任が授業を始めるとすぐに皆、授業に集中し始めた。


「ねえねえエレン君ってリリアンヌさんのお家にお世話になってるって本当？」

「はい。とりあえず卒業までの間はリュドミラ家でお世話になる予定です」

「きゃーっ！」

休み時間、エレンが隣に座るリリアンヌに色々と聞こうとしたところ、その前にクラスメイトたちに囲まれてしまう。

やけに女子が多いのは恐らくこういったことに関しては女子の方が得意だからだろう。

質問内容としては主にエレンだけではなく、リリアンヌに関するようなものが多い。

とりあえず答えられないような質問はされていないが、エレンが何かを答えるたびに悲鳴をあげている。

しかしやはりこういった質問攻めは慣れていないので、どうにも体力が持っていかれる。

出来れば助けてもらえないだろうか、と隣に座るリリアンヌに救いを求める視線を向けるが、リリアンヌは気付いていないのか気付いていていないふりをしているのか、窓の外を眺めたままだ。

ただ、エレンには後者に思えて仕方がない。

だとしたら自分が質問攻めに巻き込まれるのを危惧しているのだろう。

確かに出来ることなら、このような質問攻めには遭いたくない。

「リリアンヌさんって凄く綺麗だよね？」

質問攻めしてくる女子の内の一人が唐突に聞いてくる。

視線の隅で一瞬、窓の外を眺めるクラスメイトの肩が揺れたような気がするが、今はそれよりも質問に答えなければいけない。

「確かに凄く綺麗だと思います。僕も初めてお会いした時は驚きました」

恐らくそのようなことは自分だけじゃなく、他の皆も同じように思っているはずだ。

隣に本人がいるので口にするのを一瞬躊躇《ためら》うが、どうせこういった類の誉め言葉も、公爵家の娘ならば言われ慣れているはずだ。

であれば、とエレンはリリアンヌに対する第一印象を包み隠さず述べる。

「やっぱそうだよねー……」

うんうん、と周りの女子たちが頷く。

やはりリリアンヌの魅力は男子だけに止まらず、女子の中でも評判らしい。

さすが聖女と呼ばれるだけあるな、とエレンは感心する。

しかし、ではどうしてリリアンヌは自分が聖女と言われていることを教えてくれなかったのだろうか。

後で直接聞いてみようと思いながら、エレンは未だ終わらない質問攻めに意識を向けた。


「だって恥ずかしいじゃないですか」

「恥ずかしい？」

「私は別に自分が聖女だなんて思ってませんし、そう呼ばれるほど自分が優れているとも思っていません」

長かった質問攻めがようやく終わり早速リリアンヌに尋ねてみると、思いもよらない答えが返ってきた。

「それなのにいつの間にか学園の外でも聖女なんて言われるようになって、恥ずかしい思いをしているんです。だからエレンさんには伝えていなかったんですが、そのせいで朝は困惑させてしまいました、すみません」

「いや、それは別にいいんですが……」

エレンとしては少し気になった程度のことだったので、そんな可愛い答えなのであればそれ以上何か言うつもりもない。

ただどうして聖女と呼ばれるようになったのかは気になるが、頬を幾分か赤く染めるリリアンヌにそれを尋ねるのは些か難しい。

それはまた別の機会にでも聞いてみればいいだろう。

「そ、ん、な、こ、と、よ、り」

するとリリアンヌがぐいっと身を乗り出してくる。

こんなところを見られればまた噂されてしまうような気がするが、リリアンヌの様子に押し黙る。

「随分と女の子からモテモテだったようですが」

「え？　は？　いや、あれは単に質問攻めに遭ってただけですよ」

「その割には随分愛想良かった気がしますけど」

「新しいクラスメイトなんですから、変に波風は立てない方がいいでしょう？」

「ふーん、そうですか」

「リ、リリアンヌさん？」

どうしてか若干不満そうなリリアンヌにエレンは戸惑う。

何か怒らせるようなことをした覚えがないのが、また難しいところだ。

「やっぱりエレンさんは私の手助けなんかなくても大丈夫そうですね」

「え、ええっ!?」

「冗談じゃないです」

「じょ、冗談じゃないんですか」

似たようなやりとりを朝にもやったような気がするが、決定的に違う結末にエレンは珍しく動揺した。

005　優秀なクラスメイト

「これはどうしたものか」

昼休み、エレンは席で一人呟く。

女子クラスメイトからの質問攻めが終わったのは良かったが、どうやらそのせいでリリアンヌの不興を買ってしまったらしい。

既に隣の席にリリアンヌの姿は見えず、どこかへ行ってしまっている。

エレンとしてはまだ友達も出来ていない間くらいは、お昼を一緒にしてほしいと思っていたのだが、これも自業自得というやつなのだろうか。

しかし編入初日の昼休みから一人ぼっちとは、先が思いやられる。

ただ唯一幸いなのは、弁当を持ってきていたことくらいだろう。

知り合いもいないので、購買や食堂に行くのも難しい。

因みに弁当は朝、リュドミラ家のメイドさんから受け取ったものだ。

「おう、さっきは災難だったな」

エレンが一人で弁当を開けていると、突然誰かが声をかけてくる。

視線を向けてみると、そこには自信を身に纏っているような赤髪の男子生徒が立っていた。

しかし声をかけられたものの、当然ではあるが彼とは面識がない。

「？　えっと……」

「ああ、すまない。俺はラクス＝アン＝アニビアだ。ラクスって呼んでくれ。その代わりこっちもエレンって呼んでいいか？」

「えっと、全然大丈夫ですけど」

「おっと、硬いのはなしだぜ。俺たちはクラスメイトなんだからな」

「ですが……」

エレンの頭の中では今しがた教えてもらったラクスの名前が繰り返されていた。

ラクス＝アン＝アニビア。

その名前が示すのは、ラクスが王族であるということに他ならない。

そんなラクスに対して敬意を示さないというのは、些か無理難題のような気もする。

しかし当の本人は有無を言わせない笑みを浮かべており、エレンが折れるのを待っている。

「はぁ分かったよ。でも場所によってはちゃんとした話し方にもするけど、それは勘弁して」

「ああ、それでいい」

嬉しそうに笑うラクスに、エレンは肩を竦める。

「一人だったら俺と一緒に食べようぜ」

「それは僕にも願ったり叶ったりだよ。まだろくに友達も出来てないし」

「だよな。それならちょうどいいか――――おーい、ククルも来いよ」

エレンと向かい合うように席に座ったラクスが誰かに声をかける。

だが残念なことにエレンはその名前の主をまだ知らないので、とりあえずラクスの視線をたどってみる。

「ん、ラクス様どうしましたー？」

しかしエレンが見つける前に、ククルと呼ばれた生徒が返事する。

ただその声の主にエレンは一瞬固まってしまう。

ラクスの声に反応したのは他でもない、あの眼鏡女子だった。

エレンは咄嗟に朝のやりとりを思い出さずにはいられない。

確かにあの質問のお陰で雰囲気が柔らかくなったとはいえ、それが眼鏡女子本人と関わろうということに繋がるわけではない。

ラクスに対し敬称を使っているにも拘わらず、全く敬意の色が見られないあたり、さすがと言うべきか。

「昼飯一緒に食べようぜ」

「えー……、別に一人でもいいんですけどー……」

「そうか。じゃあ暇つぶしにヘカリム国について聞いたりするか。確か精霊使いの育成に尽力してるって有名だしな」

「よっしゃー！　どんどん一緒に食べましょう!!」

「えっ」

ラクスの一言と共に、あっという間にエレンたちの下へやって来るククル。

突然の掌返しに驚くエレンに、ラクスが耳打ちする。

「ククルは基本的に知識、っていうか情報収集マニアみたいなものなんだ」

確かにそれならば色々な言動も頷ける。

ククルにとってはヘカリム国や精霊使いのことについては、知識欲が疼いて仕方がないのだろう。

一番遅くにやって来たくせに、誰よりも早く弁当を開いて、準備万全ですとアピールしている。

エレンとラクスはお互いに顔を見合わせると、苦笑いを浮かべた。

「ふーん、じゃあ別に自分から留学しようとしていたわけじゃなくて、学園側に選ばれたみたいな感じなんだ」

「そうだね。基本的に精霊使いを養成する学園なのに、僕の場合は魔法を使ったりしていたから左遷みたいなものかな」

「それは随分と容赦ないな」

昼食をとりながら、適当に雑談を交わす三人。

といっても主にラクスとククルの質問にエレンが答えるといった感じだ。

基本的に敬語を忘れないエレンだが、ラクスを交えて話している内にすっかり打ち解けている。

「まあ僕としては色んなことが学べるこの国に来られたのはラッキーだったけどね」

エレンの境遇に唸る二人に、エレンは何も気にしていないと言う。

それは嘘でもなんでもない。

確かに住み慣れた土地を離れることになったのは寂しい気もしたが、逆に言えばエレンが感じたのはそれだけだった。

むしろアニビア国では一週間しか過ごしていないにも拘わらず、これまで経験したことのないことをたくさん経験できた。

「ああでも、確かにヘカリム国に比べたら精霊に関する授業は少し内容が薄いかもしれないな」

エレンは言ってしまってから、やってしまったと気付いた。

ここには仮にも王族であるラクスがいるというのに。

「別に気にする必要はないぞ。実際、エレンの言う通りなんだし。その分うちは色んなことをこなせる人材を育ててるんだ。何も恥じることはない」

しかしラクスに気にする様子はない。

それどころかエレンが言わなかったアニビア国の長所を十分に理解している。

さすが王族だ、とエレンは舌を巻いた。

「それにアニビアにも十分に一点特化の人材はいますからねー」

「確かにうちにもそういう人材はいるな」

「そうなの？」

突然口を挟んできたククルとそれに頷くラクス。

てっきり器用貧乏な人材が揃っているとばかり思っていたエレンは首を傾げる。

「っていうかお前もよく知ってるだろ」

「え、僕が？」

首を傾げるエレンに、二人が「本当に分からないのか？」という視線を向けてくる。

しかしエレンにはやはり思い当たる節などない。

「聖女様だよ、聖女様」

呆れたように首を振るラクスが、ため息と共に教えてくれる。

隣ではククルが「うんうん」と頷いていた。

「え、リリアンヌさんってこと？」

「ああ。何でも光属性に関しては最上級魔法がもう少しで使えそうだとか。それもあって初めは学園内で聖女様って言われていたのが、いつの間にか広まりに広まって、今では聖女として公的な立場にまでなってるんだから大したもんだよ」

「そ、それは凄いね」

ラクスの言葉に、エレンは素直に驚く。

それだけその言葉の内容が凄まじいのだ。

「つまりリリアンヌさんは光属性の上級魔法をほとんど完璧に使えるってことだよね」

「冗談みたいだが、その通りだ」

魔法。

その単語を説明するためにはたくさんの言葉が必要だ。

まず魔法には属性がある。

火、水、風、土の基本属性四つに、光と闇の特異属性が二つの計六つだ。

次に階級。

基本属性であればほとんど誰でも使うことが出来る初級魔法。

そして中級魔法に上級魔法があり、その上に最上級魔法がある。

一般的に中級魔法がある程度使えれば優秀で、上級魔法が使えれば宮廷魔導士になれると言われている。

最上級魔法に関していえば、一つの属性で最上級魔法を使える人は片手で数えられる程度しかいないらしい。

そして、リリアンヌが使えるのは上級魔法。

それも光属性だ。

努力すれば誰でも使える基本属性と異なり、特異属性は初級魔法でさえ術者の才能がなければ全く使えない。

そんな光属性の上級魔法を使いこなし、それどころか最上級魔法にまで手が届きそうであると言えば、リリアンヌの凄さも理解できるだろう。

どうやらリリアンヌが〝聖女〟と称されるのは、容姿に対してだけではなく、光属性の上級魔法を使えるというまさしく聖女のような実力に対するものだったらしい。

エレンがリリアンヌの凄さを改めて痛感していると、二人が思い出したように呟く。

「因みに俺は火属性なら上級魔法まで使える」

「私は基本的に実技は苦手だけど、とりあえず風属性の上級魔法なら少し使えるかなっ」

「二人って凄かったんだね……」

特に威張るでもなく、ただ事実を述べるように言ってのける二人にエレンは目を見張る。

「僕なんて精々、中級魔法が限界だよ」

「えっ」

自分の無力さに項垂《うなだ》れるエレンだが、そこで妙な反応を見せたのはラクスだ。

エレンの言葉に意外そうな声をあげる。

「？　どうかした？」

「い、いや何でもない」

なぜか動揺した様子を見せるラクスに、エレンとククルは二人揃って首を傾げた。

006　違和感

「あ、あのー、リリアンヌさん？　そろそろ機嫌を直してくれませんか」

「別に私は不機嫌でも何でもありませんけど」

「とてもそうは見えないんですが……」

放課後、エレンはリリアンヌと共にリュドミラ家への帰路についていた。

今日一日ずっとエレンを放置していたリリアンヌもまだ帰り道に慣れていないエレンを一人にしようとは思わなかったらしい。

怒っていてもそういうところはさすが聖女というべきか。

「因みにエレンさん、お昼は随分楽しそうでしたね」

「あれ、見てたんですか？」

「ま、まあ少し視界に入った程度ですけど」

「ラクスもククルさんも良い人たちでしたよ。ククルさんは少し変なところもありましたけど」

情報収集という変な癖さえなければ風属性の上級魔法が使える優秀な女子生徒だろうに、何と勿体ない。

苦笑いを浮かべるエレンとは対照的に、一層むすっと口を尖らせるリリアンヌ。

ここ一週間で生活を共にしたリリアンヌらしからぬ仕草に思わず吹き出す。

「リリアンヌさんもそういうことするんですね」

「そ、それは……っ」

改めて自分のことを顧みたリリアンヌは頬を朱に染める。

「……たまたまです」

そう呟くリリアンヌはエレンから顔を背ける。

「でもやっぱりエレンさんは私なんかいなくても、すぐに友達を作っちゃいましたね」

リリアンヌは相変わらず顔を背けたまま呟く。

その声はいつもの凛とした声よりも幾分か暗く感じる。

もしかして――とエレンの頭に一つの考えが思い浮かぶ。

恐らくリリアンヌは今、自分にだけ懐いていたペットが他の人に懐き始めてしまったというような感情に駆られているのではないだろうか。

この一週間、公務に追われるジョセはもちろんのこと、ほとんど家にいるレオナよりも、やはり同世代のリリアンヌと過ごした時間が一番長かったのは言うまでもない。

だとすればリリアンヌがエレンの登校初日にもっと頼られると思っていても不思議ではないだろ

う。

しかし蓋を開けてみればエレンがリリアンヌを頼ったといえば、隣の席になった時くらいだ。よく考えればそれさえもエレンから頼ったのではなく、あくまでリリアンヌが隣に座れるようにしてくれたのだった。

更にまずいことに昼休みにはクラスメイト二人と仲良く食事しているところまで目撃されてしまっている。

リリアンヌが機嫌を損ねてしまうのも無理はない。

「……うーん」

さすがにこれからリリアンヌの機嫌がこのままだったら日常生活にも支障が出てくるのは必至だろう。

それにエレンとてリリアンヌとは良好な関係を築きたいと思っている。

だとすればここでどうにかリリアンヌの機嫌を元に戻さなければいけない。

「あの、リリアンヌさん？」

「……何ですか」

エレンの呼びかけに、リリアンヌがジト目を向けて振り返る。

それでも無視しない辺り、リリアンヌの性格の良さが滲み出ている。

「今日の昼休みラクスたちと話をしていたんですけど、あの時実はリリアンヌさんの話題で盛り上がっていたんですよ」

「？　私の話題というのは」

「いや、実はリリアンヌさんは凄い人なんだーっていう話を」

「え、ええっ!?　どうしてそんな話になったんですか!?」

「どうして、と言われても……」

エレンはことの顚末をリリアンヌに話す。

「まさかリリアンヌさんがそんな凄い人だとは思ってませんでした。てっきり聖女というのもリリアンヌさんの容姿に対するものだとばかり思っていたので」

「――――っ！」

自分も見る目がない、とエレンは反省の色を見せながら呟く。

しかしエレンは目の前のリリアンヌが驚いた様子で顔を朱に染めていることに気付かない。

「つまり僕が楽しく昼休みを送れたのも、リリアンヌさんのお陰――」

「も、もういいです！」

まだ何か話そうとするエレンをリリアンヌが慌てて止める。

「わ、私も大人げなかったですし、今回のことはもう大丈夫ですから」

エレンがリリアンヌの顔を見てみると、確かにもう怒っているようには見えない。

どうやら本当に機嫌を直してくれたらしい。

「じゃあ明日からの学園生活もよろしくお願いしますね」

「……分かりました。私に出来る範囲でサポートしてみます」

「はい、それでお願いします」

エレンがそう言うと、リリアンヌは少しだけ歩幅を大きくしてから歩き出す。

斜め後ろから見えるリリアンヌの頬が少しだけ赤く染まっているように見えるが、きっと夕陽が反射しているのだろうとエレンは一人頷く。

だが何はともあれこれで、これからのリュドミラ家での生活や、学園生活を楽しく過ごせそうだと、エレンはホッと息を吐いた。

◇　◇

「……おかしい」

王城のとある一室で、一人呟く者がいた。

ラクス＝アン＝アニビア。

エレンの留学先、アニビア国の第一王子である。

そんなラクスが学園から帰ってきてから夕食もとらずに、ずっと部屋に籠っている。

使用人たちも心配を隠せないが、ラクスに「一人にしてくれ」と言われた以上、何か口出しすることも出来ない。

「…………」

ラクスの頭の中は、今日の昼休みのことで埋め尽くされていた。

それも今日編入してきたばかりの男子生徒について、だ。

「エレン＝ウィズ」

淡々と呟いたその名前が無音の部屋に響く。

「中級魔法が限界って、どういうことだ」

ラクスは仮にも王族の一人。

当然、それなりの情報は持っているつもりだ。

今回、エレンが留学してくることも事前に知っていた。

だが、その時から既に違和感は持っていた。

というのも、留学に際する宿泊先の候補に「王城」があったのだ。

さすがに誰かが進言したのか、実際には公爵の位を持つリュドミラ家の世話になることになったようだが、それでもただの留学にしては異例の好待遇だ。

ラクスの中にあった可能性は二つ。

一つ目の可能性は、その者がヘカリム国内でも有数の大貴族であるということ。

二つ目の可能性は、その者が相当の実力者であるということ。

そのどちらか、もしくはその両方でもない限り、今回のような待遇はあり得ない。

しかしエレン本人に聞けば、どうやらエレンはヘカリム国有数の大貴族でなければ、そもそも貴族ですらないらしい。

ということはつまりラクスの推測からすれば、エレンは相当の実力者であるということになる。

だからあえてエレンも知っている実力者〝聖女〟の話題を引き合いに、エレンの実力を探ろうとした。

だが結果は、

『僕なんて精々、中級魔法が限界だよ』

もし本当にエレンが中級魔法しか使えないのだとしたら、それこそ国賓並みの今回の待遇を説明できない。

そしてもう一つ不可解なことがある。

疑問を抱きながら学園から帰ったラクスが真っ先に向かったのは父である国王の下だった。

ラクスは単刀直入に「エレンとは何者なのか」と尋ねた。

基本的に温和かつ冷静な国王が、明らかに動揺して見せ、お茶を濁した。

――――おかしい。

今回の留学について、ラクスの中で僅かに違和感を持つ程度でしかなかったそれがほぼ確信に変わった。

国王の反応を見るに、恐らくエレンのことについて何かしら知っていることがあるのだろう。

しかしそれは王子であるラクスにさえ知られてはいけないようなことらしい。

ではやはりエレンがどこかの大貴族で、相当な実力者なのか。

――エレンが嘘を吐いている。

その可能性もラクスは考えた。

しかし実際に話した時、エレンが嘘を吐いているようにはとても思えなかった。

それでは一体どんな情報が隠されているのだろうか。

もしこんなことをククルが知れば、すぐに飛びついてきそうだ。

ラクスは密かに、今回の留学の裏に隠された何かを探ろうと決意した。

007　隠し事

「特におかしなところはないですよね……」

リビングで静かに本を読むエレンを盗み見ながら、リリアンヌは呟く。

一体どうしてリリアンヌがこんなことをしているかと言うと、話は数日前にまで遡る。

◇　◇

「エレンさんについて、ですか？」

「ああ。あいつが普段どんな生活してるのか教えてくれないか？」

リリアンヌが休み時間を過ごしていると、ラクスが声をかけてくる。

それもちょうどエレンが手洗いに向かったのを見計らったようなタイミングだとリリアンヌも思ったが、どうやらその通りだったらしい。

「どんな生活をしているかと聞かれても、迷惑になるようなことは決してせず、いつも周りに気を遣ってくれていますよ。家の者からの評価もとても高いですし。ただやはり貴族の生活は慣れないとよくぼやいていています」

「……そうか。だとするとやはり実力面で何か事情があるのか」

リリアンヌの答えにラクスは何やら考え込むようにぶつぶつ呟く。

「エレンさんがどうかしたんですか？」

さすがに不審に思ったリリアンヌが遠慮がちに聞いてみる。

ラクスは逡巡するような仕草を見せるが、すぐに何かを覚悟したような顔をリリアンヌへと向ける。

「実はだな……」

「……確かによく考えてみればおかしいですね」

今回の留学がおかしいということについてはリリアンヌもラクスに同意せざるを得ない。

リリアンヌは自分の家が国内でどういう立場にあるのか十分に理解している。

そしてそんなリュドミラ家が留学時の宿泊先になるなんてことは今まで決してなかった。

以前、どこかの国の皇太子がアニビア国を訪れた際に、リュドミラ家とは別の公爵家が対応したというのは聞いたことがある。

しかしつまりそれはエレンが他国の王族と同等、もしくはそれ以上の待遇を受けるに値する人物であるということだ。

「ただやはりリリアンヌの話を聞く限りではエレンが身分を隠した大貴族、という線はなさそうだな」

「そう、ですね」

リュドミラ家で過ごすエレンは、公爵であるリュドミラ家に恥じないように貴族の振る舞いを覚えようと努力している。

リリアンヌにはそれが演技であるようには見えなかった。

「だとするとエレンさんは相当な実力者ということでしょうか？」

二択の内の一つの可能性が否定された今、残されたのはその可能性しかない。

しかしリリアンヌの言葉にラクスは難しそうな顔で唸る。

「そうか。あの時リリアンヌはいなかったんだったな」

「あの時？」

「ああ。エレンが編入してきた初日の昼休みだよ」

「あ、あぁ。その時ですか」

少しだけ恥ずかしい思いをした日でもあったリリアンヌは曖昧に頷く。

確かにリリアンヌはあの日、エレンたちが昼休みに楽しそうに話をしていたのは知っているが、どんな内容を話していたのかまではあまり知らなかった。

「あの日、エレンはこう言ったんだ。『僕なんて精々、中級魔法が限界だよ』って」

ていた。


「え、でもそれじゃあ……」

「ああ。おかしいんだよ」

エレンが本当に貴族ではないのであれば、つまりは相当な実力者なのだろうとリリアンヌは考えていた。

しかし今、それが否定された。

でもそれではラクスの言う通り、エレンがどうしてこのような好待遇で留学生として迎えられているのか説明できない。

「俺はこの留学の裏に何か隠されてるんじゃないかって思ってる」

「それは一体……」

「今はまだ分からん。でも少なくともリュドミラ家の当主は何か知ってると思ってるんだがな」

「お父様が、ですか？」

「さすがにエレンの宿泊先である公爵家現当主が何も知らないというわけにはいかないだろう。少なからず父上から何か聞いているはずだ」

「……それもそうですね」

でも、とリリアンヌは呟く。

「どうしてエレンさんのことをそこまで調べようと？」

確かに今回の留学についてはきな臭いところがいくつもある。

しかし現状、特に何か問題があるわけでもないことは事実だ。

「エレンさんは優しい方ですし、努力家でもあるようです。商店街の方々とも既に一杯仲良くなっているみたいです」

エレンと一緒に登校するリリアンヌは知っている。

毎朝、色んな人たちから笑顔を向けられるエレンを。

エレンと一緒に下校するリリアンヌは知っている。

毎日、エレンが店の人たちから好意で色んなものを貰っていることを。

「それなら別に、今のままでもいいんじゃないんでしょうか」

少なくともリリアンヌはその選択に何かしらの不利益があるようには思えない。

触らぬ神に祟りなし、という言葉もあるくらいだ。

もし自分たちが今回の留学の裏に隠された何かを知った時、何が起こるかは分からないというのはあまりにもハイリスク、ローリターンだ。

「友達のことをよく知りたいって思うのは、普通だろ？」

しかしラクスは全く動じた様子もなく、勝気な笑みを浮かべながら告げた。

その表情には全く迷いが見られない。

少しの間、二人の視線が重なり合う。

だが遂にリリアンヌが諦めたようにため息を零す。

「分かりました。私も少しエレンさんの動向には気を付けてみます」

リリアンヌ自身、エレンのことについて知りたくないというわけではなかった。

むしろ毎日生活を共にしているエレンのことは、常日頃からもっと知りたいと思っていたくらいだ。

もちろんそれは今回の留学に隠された何かではなく、エレン自身の料理の好みといったものだったのだが、エレンに隠された何かがあるのなら知りたい。

リリアンヌは早速家に帰ったら、エレンの行動に注意することに決めた。

◇　◇

「――とは言ったものの、至って普通で、真面目な生活しか送っていないんですよね」

リリアンヌは思わずため息を零しそうになるのを堪える。

ラクスと話してから既に数日の時間が過ぎているが、全くと言っていいほどに進展がない。

ラクスはククルと手を組んで色々と探っているようだが、これだけ進展がないとさすがに気勢をそがれる。

ここまで何もないと、今回の留学の裏に隠された何かが本当にあるのかさえ疑わしくなってくる。

「どうしたんですか？」

「――っ!?　エ、エレンさん」

そんなことを考えている隙に、リリアンヌの前にエレンがやって来ていた。

咄嗟のことに思わず驚くリリアンヌは、何とかその動揺をエレンに悟られまいと平静を装う。

「何か思いつめた表情をしていましたが、大丈夫ですか？」

「そ、それは……」

――いっそのこと、ここで直接聞いてみましょうか。

リリアンヌの頭にそんな考えが浮かぶ。

馬鹿な考えだとは分かっているが、これ以上の進展が見込めない以上仕方ない手段なのではないかとも思ってしまう。

「エ、エレンさん、あの」

「はい。何ですか？」

相変わらず何を考えているのか分からないような表情で、リリアンヌに視線を向けてくるエレン。

そんなエレンに、リリアンヌは覚悟を決めた。

「――私に、隠してることとありませんか？」

「…………」

エレンは何も言わない。

しかしリリアンヌは見逃さなかった。

僅かにエレンの表情が引き締まったのを。

リリアンヌは追及を止めるつもりはないという思いで、エレンから視線を逸らさない。

「……バレていたんですね」

「じゃあ本当に……っ」

しばらくして観念したように、エレンが肩を竦める。

どうやらラクスの言っていたことは本当だったらしい。

エレンは何かを取り出すように制服のポケットに手を突っ込む。

そこに一体どんなことを隠していたのかと、リリアンヌは身構える。

「これです。隠しててごめんなさい」

「……え？」

エレンがポケットから取り出したのは、何やら装飾の凝った小包だった。

どんな隠し事があるのかと身構えていただけに拍子抜けしてしまう。

この小包が一体何だと言うのだろうか。

「実はこれ手作りのクッキーが入ってるんですけど、今日の休み時間にクラスの女子に貰って」

「……ん？」

「最初はリリアンヌさんと半分こにしようと思っていたんですよ？　いや、本当に」

「……はい？」

「ただあまりに美味しそうだったので、夕食後にでも一人で食べようと思っていたんですが……」

「えっと、エレンさん……？」

「やっぱりリリアンヌさんに隠し事は通じませんね。ごめんなさい」

雲行きが怪しくなってきた、とリリアンヌが感じる暇もなかった。

エレンは心底申し訳なさそうに小包をリリアンヌに差し出してくる。

「隠していたのは僕なので、遠慮せずに受け取ってください」

どうやらエレンは隠していたことを反省して、全てをリリアンヌへ渡そうとしているらしい。

リリアンヌも反射的に受け取ろうとして――

「――ってそんな話してませんよ!?」

我に返ったリリアンヌが叫ぶ。

「そもそもこれエレンさんが受け取ったんですから、私と半分こする必要なんて皆無ですからっ!!」

ここでリリアンヌが受け取ってしまえば、せっかくエレンのために作ったクッキーがまるで台無しである。

そんな野暮なことをリリアンヌがするわけにはいかなかった。

「そ、そうじゃなくて、もっと他に私に隠してることがあるんじゃないんですかって聞いてるんです！」

「え……」

リリアンヌの言葉にエレンは呆然としたような表情を一瞬見せたかと思うと、何を思ったのかポケットの内袋を外へ出す。

「さ、さすがにこれ以上は何も隠してませんよ……？」

「――――っ！」

どうして隠し事がポケットの中にある前提なのか。

リリアンヌは思わず手で顔を覆った。

008　看病

「でも一体どうしたんですか？」

「い、いや、それはですね……」

　本当は今回の留学の裏に隠された何かを知りたかったのだが、一度話題が逸れてしまったためにリリアンヌは言葉に詰まる。

　一度決めてしまった覚悟も止まってしまえば再び勢いづけるのは難しい。

「もしかして最近ずっと僕に向けてた視線と関係してたりするんですか？」

「えっ……。き、気付いていたんですか……？」

「そりゃああれだけずっと見られてたら、さすがに気付きますよ」

　苦笑いを浮かべながら頬を掻くエレンにリリアンヌは目を見開く。

　まさかここ数日、エレンのことを観察していたのが本人にバレているなんて思ってもみなかった。

　エレンの隠し事を知りたいという強い思いのせいで、その視線に熱が籠っていたのはリリアンヌも自覚している。

しかしそれは端から見たら、エレンに恋慕している少女のそれと変わらないだろう。

「――――っ！」

リリアンヌは自分の頬が熱くなるのを感じた。

間違ってもリリアンヌはエレンに恋慕しているわけではない。

確かにリリアンヌのエレンに対する評価は低くはないが、まだ知り合って二週間程度の相手に一体何を求めるというのか。

だがここ数日のリリアンヌの行動を顧みれば、エレンの方が勘違いしても何ら不思議ではない。

「リリアンヌさん？　顔が赤いですけど大丈夫ですか？」

「っ……ぁ……」

そのタイミングでエレンが顔を覗き込んでくる。

リリアンヌは恥ずかしさのあまり、エレンの顔を真っすぐ見ることが出来ない。

しかし次第に赤くなっていくリリアンヌに対して、エレンは余計に心配する様子を見せる。

「無理をしてはいけませんよ、今日はもうお休みになった方が良いんじゃないですか？」

「そ、そうさせていただきます……っ」

リリアンヌは顔を近づけるエレンから顔を背けると、慌てて距離を取る。

その頭の中にはもはや当初の思惑などは一切残っていなかった。

◇　◇

「……やってしまいました」

リリアンヌは自室へ駆け込むと、明かりもつけずにベッドに飛び込む。

そのまま枕に顔を押し当てると、先ほどまでのやりとりを思い出し、恥ずかしさのあまり唸り声をあげる。

「確かにここ数日、ずっとエレンさんのことを見ていました……」

リリアンヌは数日間の自分の行動を顧みる。

リリアンヌとしては今回の留学の裏に隠された何かを探るための行動で、他意はない。

しかしそれを他の人がどう捉えるかはまた別の話だ。

リリアンヌがエレンに視線を向けていたのは――もちろん基本的には常時だが――主にラクスたちが関わることとの出来ないリュドミラ家においてだ。

結果的にはエレンにもバレてしまっていたのだが、当然エレンにバレないように気を付けてはいた。

しかしあれだけ毎日エレンのことを陰から見ていれば、リュドミラ家の使用人たちから見られていないわけがない。

思い返してみれば最近、使用人たちからの視線が妙に優しかったのは、まず間違いなく妙な勘違いをされていたからだろう。

「────っ！」

リリアンヌは思わず声にならない叫び声をあげる。

どうしてもっと周りに気を付けなかったのか。

まるで自分《リリアンヌ》らしくない。

リリアンヌは自分らしからぬ行動に戸惑いを隠せない。

しかしいくら後悔や反省を繰り返したところで、現実は何も変わらない。

それはリリアンヌの冷めない頬の熱さが物語っている。

「……エレンさん」

今、最も知りたい者の名前を呟く。

エレンが来てからというもの、リリアンヌは普段ではあり得ないようなことばかりしている。

エレンが学園に編入してきた日もそうだった。

エレンが編入初日にも拘わらず全く自分《リリアンヌ》を頼ろうとしてくれなかったという理由だけで、まるで子供のように拗ねてしまった。

そして今も、エレンのことをもっと知りたいと思うばかりに、周りを顧みない行動をとってしまった。

エレンが。

エレンが関わるとどうしてか、自分が自分じゃなくなってしまう。

「っ……」

——それではまるで本当に、エレンさんに恋慕しているようではないですか。

絶対にあり得ない可能性を否定しながらも、リリアンヌの頬は再び熱を持ち始める。

リリアンヌは落ち着かない自分の鼓動を抑えるために、ベッドにその身体を沈めた。


「……ん、ぅ」

どれくらいの時間が経っただろうか。

リリアンヌは微かに聞こえた足音に、僅かにその瞼を開く。

そのすぐ後、部屋の扉を叩く音が聞こえてくる。

一体誰だろうかなどと考えながら、リリアンヌは寝ぼけ眼のまま少しだけ身体を起こす。

『リリアンヌさん、起きてますか』

「っ……！」

しかし扉の向こうから聞こえてきた声に、リリアンヌの眠気は一瞬で消え去る。

ここ数日、ずっと生活を共にするだけでなく、その一挙一動に意識を向けていた人の声。

間違いない——エレンだ。

「は、はい。起きてます」

そう返事するリリアンヌの声は若干上擦っている。

『リリアンヌさんの体調が優れないようでしたので、給仕の人たちに頼んでお粥を作ってもらったんですけど、食べられそうですか？』

「だ、大丈夫です」

リリアンヌがそう言うと同時に、エレンが部屋の中へ入って来る。

その手には小さめの鍋などが載ったお盆を持っている。

「あ、無理しないで良いですよ。そのままで」

ベッドから立ち上がろうとしたリリアンヌにエレンの制止の声がかかる。

エレンはベッドの傍らの小さい机の上にお盆を載せると、椅子に腰をおろす。

リリアンヌは上体だけ起こしているが、先ほどまでの妙な考えが頭を過ぎり、エレンの顔を真っすぐ見ることが出来ない。

「冷めないうちに食べましょうか」

エレンの言葉の意味が分からず戸惑うリリアンヌだが、そうこうしている内にもエレンは鍋の蓋を開けて、お粥を茶碗によそっている。

そして当然のようにスプーンでお粥を掬うと、それをリリアンヌへと向ける。

「……え？」

どうやらエレンは体調が優れないと思われているリリアンヌのために、お粥を食べさせようとしてくれているらしい。

あまりに自然な動作だったが、さすがにリリアンヌが固まる。

しかし既にリリアンヌの目と鼻の先まで、スプーンが伸ばされており、今更それを拒むことが出来そうな雰囲気ではない。

かといってこの手の経験など皆無のリリアンヌには、些か難易度が高すぎる。

「あ、ごめんなさい」

するとそんなリリアンヌを見兼ねてか、エレンがスプーンを下げる。

リリアンヌはとりあえずの危機が去ってホッとした反面、貴重な初体験を逃したせいかリリアンヌ自身もよく分からない気持ちになる。

「これじゃあ熱すぎましたね」

しかしそんなリリアンヌの思惑など知ったことではないという風に、エレンは止まらない。

エレンはスプーンに数度息を吹きかけると、再びスプーンをリリアンヌの方へ伸ばしてくる。

「はい、これで大丈夫ですよー」

大丈夫どころか難易度が増している。

一体何を以てして大丈夫なのか小一時間ほどエレンを問いただしたいところだが、残念なことに今のリリアンヌにそんな余裕はない。

「はい、あーん」

「っ……」

容赦ないエレンの精神攻撃に、リリアンヌは覚悟を決めてお粥を口にする。普段から美味しい料理を作ってくれる給仕だが、もはや味など感じる暇もない。

一口でも限界だというのに、さらにエレンは容赦なく次から次へと「あーん」を繰り返してくる。とうに恥ずかしさなど限界にまで達しているリリアンヌは、半ばやけくそ気味になりながら「あーん」に応え続ける。

――これだけ恥ずかしさに震えているというのに、エレンさんは何も感じないのでしょうか!?

リリアンヌは淡々とスプーンを差し出してくるエレンを憎らし気に見つめる。

だがエレンはリリアンヌの視線など気付いていないように、否、恐らく視線自体には気付いているのだろうが、全く意に介した様子を見せることはない。

せめてもっと可愛い反応をしてくれれば、とリリアンヌは思う。

そこまで無反応で全く意識されていないのが分かると、さすがに悲しくなってしまう。

しかしそれはまるで自分のことをもっと意識してほしいと思っているのと同じようで、そのことに気付いたリリアンヌはそんな馬鹿な考えを捨てるように慌てて頭《かぶり》を振った。

009 確認

「少しは体調は良くなりましたか？」

「は、はい。だいぶ楽になりました」

エレンにお粥を食べさせてもらうのも終わり、リリアンヌの妙な興奮もようやく落ち着きを見せてきた。

とはいえまだエレンの顔を直視することが出来る程ではない。

「リリアンヌさんの調子が悪いので、使用人の方たちも心配していましたよ？」

「そ、そうなんですか？」

「はい。特に給仕の方たちは僕に『お嬢様に食べさせてあげてください』って、お盆を渡してきましたからね」

「っ……！」

どうやらエレンがやけに積極的だったのはそういう理由があったかららしい。

この報いをどうしてくれようか、とリリアンヌは復讐の炎をその瞳に宿らせる。

「……っと、失礼しますね」

「え……っ」

そのせいか、エレンの行動に一瞬反応が遅れた。

エレンは椅子から立ち上がると、上体だけを起こすリリアンヌの方へ身を乗り出し、その額へ手を伸ばしてくる。

緊張で全身が火照っているせいか、エレンの掌はやけに冷たく心地いい。

「熱はないみたいですけど、少しだけ熱いですね」

「……は、はい」

ようやく落ち着いてきたリリアンヌの鼓動が再び速くなる。

リリアンヌの顔はもはや林檎のように真っ赤に染まっている。

幸い、エレンはすぐに手を離した。

リリアンヌは、ふぅと息を吐きながら何とか息を整える。

「そこまで酷い感じではないようなので、安心しました」

「ご、ご心配おかけしました」

エレンの心配する声に、リリアンヌは申し訳なさを感じつつ謝罪の言葉を告げる。

とはいえ、リリアンヌが自室に籠っているのも全てエレンが元凶だ。

そもそもエレンについて妙なことがないのであれば、リリアンヌはエレンのことを陰から見つめたりするようなこともなかったし、そのせいでリリアンヌの調子が狂うこともなかった。

エレンはそのことを分かっているのだろうか。

否、エレンがそんなことを気に留めるわけがない、とリリアンヌは首を振る。

もし何かを察していたとしても、エレンがそのことについて自ら話したりすることはないというのを、今までのやりとりの中でリリアンヌは十分に理解した。

エレンに何かを聞きたいのであれば、回りくどい聞き方では駄目だ。

「エレンさん」

リリアンヌはもう一度だけ小さく息を吐くと、真剣な面持ちでエレンを見つめる。

リリアンヌの突然の豹変ぶりに、さすがのエレンも僅かに表情を引き締める。

「単刀直入に言います」

今思えばリリアンヌも、まだ会ったばかりのエレンに遠慮していたのだろう。

しかしエレンのことを本当に知りたいのであれば、ここは遠慮してはいけない。

「私は、エレンさんが相当な実力者なのではないかと思っています」

リリアンヌとエレンの視線が重なる。

お互いに決して逸らすことなく、互いの出方を窺っている。

「……それは今回の留学での僕に対する待遇の良さが原因と思って大丈夫ですか？」

「え、えぇ。その通りです」

核心をつくエレンの一言にリリアンヌは戸惑い気味に頷く。

しかしエレンの言う通り、貴族でもないただの留学生が公爵家に宿泊するなどあり得ない。

それも留学期間である約二年半もの間だ。

「それについては、僕自身困惑しているところです」

「……というのは？」

「まず初めに僕は平民です。一般的な留学制度がどのようなものなのかまでは分かりませんが、さすがにいきなり公爵家へ宿泊することになるというのは僕も違和感を持ちました」

それはまさにラクスやリリアンヌが感じていたことだ。

「そのこと自体、王様と謁見した時に初めて聞かされたのですが、わざわざ王様に一度確認を取ったくらいです。嘘だと思われるのなら、ジョセさんに確かめてみてください。あの時、ジョセさんもその場にいましたから」

「お父様も……？」

リリアンヌもそれは初耳だった。

だがエレンの口ぶりからしても、恐らくそれが嘘でないことは容易に想像できる。

「そしてそれを踏まえた上で、リリアンヌさんの言う、僕が相当な実力者だという件に関してですが、その考えは全くの見当違いだと言わざるを得ません。これはラクスにも言ったことなのですが、僕は精々、中級魔法が限界です。リリアンヌさんやラクス、そしてククルさんのように上級魔法を使うことは出来ません」

　エレンは感情を高ぶらせることもなく、ただ事実を述べるように淡々と言葉を並べる。

「だから今回の留学で僕に対する待遇がおかしいということに関して、僕に原因を求められても困ります」

　そう言うエレンは苦笑いを浮かべている。

　それが、ここ数日エレンの一挙一動を監視していた自身に向けての言葉であることを察したリリアンヌは気まずげにエレンから視線を逸らす。

　だが、エレンの言葉全てを信じるというわけにはいかない。

　リリアンヌは最後の確認とばかりに、もう一度エレンに聞く。

「エレンさんは、本当に中級魔法までしか使えないんですか?」

「……残念なことに上級魔法を使えるほど優秀ではないので」

　肩を竦めながら自嘲気味に言うエレンは、やはりこれまでと同じように、嘘を言っているようには見えない。

「逆にリリアンヌさんみたいに光属性の上級魔法が使えたりなんてすれば、僕が今ここにいることも簡単に説明できるんですけどね」

「そ、それは」

「いや、別にリリアンヌさんの実力を羨んでいるとかではなく、純粋に凄いなと思って」

エレンの惜しみない賛辞に、リリアンヌは顔を背ける。

「？」

リリアンヌの妙な反応にエレンは首を傾げるが、どこか暗い表情のリリアンヌにそれ以上の詮索は避ける。

「あ、そういえば今週末にラクスたちと一緒に、ギルドで依頼を受ける予定なんですけどリリアンヌさんもご一緒にどうですか？」

ちょうどいい話題転換のネタがあったことを思い出したエレンは早速リリアンヌに提案する。

偶然にも今日誘われて一緒に行こうという話になっていたのだが、タイミング的にもばっちりだろう。

「…………」

いつの間にそんな約束をしていたのか。

とはいえラクスのことだ。

恐らく手っ取り早くエレンの実力を測ろうとでも思っているのだろう。

だがエレンがどうやら本当に中級魔法までしか使えないらしいと分かったリリアンヌからすれば、もはや行く意味はない。

しかしせっかくエレンがこんな風に誘ってくれた以上、受けるべきだろう。

それに初めてのお誘いを断ってしまえば、次からは誘うのを遠慮してしまうかもしれない。

出来ればそういった事態は避けたいリリアンヌは小さく息を吐くと、二つ返事で頷いた。

◇　◇

「お、やっと来たか」

「二人とも遅いですよー！」

エレンとリリアンヌが冒険者ギルドへやって来ると、ラクスとククルが出迎えてくれる。

待ち合わせはそれぞれ昼食をとってからという曖昧なものでしかなかったのだが、どうやら二人は案外早くに到着していたらしい。

「すみません、僕が少し準備に手間取ってしまって」

「そんな。遅くなったのは私の準備のせいで――」

「いや、リリアンヌさんのせいでは――」

「あー二人とも、とりあえず先に今日の依頼を選ばないか？」

押し問答を繰り返すエレンたちに、ラクスが苦笑いを浮かべながら間に入る。

二人は慌てた様子でお互いに距離を取り、ラクスの提案に頷く。

そんな二人――主にエレン――をジト目で見つめるのは、情報収集の癖があるククルだ。

ククルはラクスが今回のために用意した強力な助っ人でもある。

ただそんなククルもとりあえずはラクスに従って、今日受ける依頼選びに、多くの依頼書が貼られてある掲示板の方へと向かった。

０１０　最上級魔法

「それにしてもいつの間にギルド登録なんてしていたんですか？」

「あー、暇なときに一人で？」

「なんで疑問形なんですか」

適当な会話をしながら歩く二人は今、木々が生い茂る森の中にいた。

因みに今ここに、エレンを誘ったラクスたちはいない。

というのもギルドで依頼を選び、いざ出発しようというタイミングで急に王城から招集がかかったのだ。

ラクスは最後まで抵抗していたのだが、さすがに数人の騎士相手には敵わず、引きずられるようにして連れ帰られていた。

そしてククルは商店街で痴話喧嘩が起こっていると聞いた途端、ギルドを飛び出していった。

さすが情報収集を癖にしているだけあるというべきか、とりあえずエレンとリリアンヌの二人だけが残ったというわけである。

とはいえ依頼を受けてしまっている以上、完了しなければいけない。

二人は仕方なくギルドを出発することにしたのだった。

「まあギルド登録したばかりのエレンさんからしたら少し上のランクの依頼かもしれませんが、Cランクの私がいれば大丈夫ですよ！」

今回二人が受けたのはランク的にはDランクの依頼だ。

ラクスがDランク、ククルがEランクだったことを考えれば妥当な依頼だったのだが、二人が抜けてしまった今では少しばかり難易度の高い依頼と言えるだろう。

とはいえ今回の依頼の内容は「森の調査」で、魔物の討伐がメインではない。

もちろん依頼遂行の証として何匹かの魔物の討伐は条件にあるが、その程度であればリリアンヌ一人でも余裕だ。

「よし、それじゃあ早く終わらせちゃいましょうか！　あ、でもエレンさんは無理しないでくださいね」

「了解です。出来るだけリリアンヌさんの後ろに控えてます」

何とも男らしからぬ、みっともない発言ではあるが、中級魔法までしか使えず、ギルドにも登録したばかりのエレンには賢明な判断と言える。

リリアンヌも「それでお願いします」と頷くと、周りに意識を向け始めた。

「よ、予想以上に何もなかったですね」

ある程度、森の調査も終わらせただろうとリリアンヌは息を吐くが、その道中はリリアンヌの予想よりも遥かに何もない結果で終わってしまった。

これまで出遭った魔物といえば依頼遂行の証のためのゴブリン数体くらいだ。

これではDランクに設定されているような依頼とは到底思えない。

とはいえ危ないことは無いに越したことはない。

「…………」

「エレンさん？」

「……魔物って普段からこんなに少ないんですか？」

「え……。そ、そんなことはないと思いますけど、それがどうかしましたか？」

しかしリリアンヌの言葉を聞いたエレンは一瞬だけその表情を暗くしたかと思うと、真剣な面持ちで辺りを見渡す。

そんなエレンに首を傾げるリリアンヌだったが、エレンの視線が一箇所で留まる。

「どう――」

――――したんですか。

リリアンヌのその呟きは突然の轟音で掻き消された。

突然、空から降ってきた巨体に、リリアンヌは目を見開く。

空を飛ぶための大きな翼。

外敵から身を守るための堅固な鱗。

一匹の亜竜《ワイバーン》が、そこにいた。

「ワ、ワイバーン……!?」

いくら亜種とはいえ、曲がりなりにもドラゴン。

その巨体からは人間など矮小な存在だとばかりに圧倒的な存在感が放たれている。

一体どうしてこんなところに……、とリリアンヌは冷や汗を流さずにはいられない。

本来、ワイバーンは低ランクの魔物が跋扈《ばっこ》するこの森にいるような魔物ではない。

その討伐にはBランク以上の冒険者が数人いて、ようやく可能かどうかと言われている。

間違っても、Cランクの冒険者と駆け出し冒険者で倒せるような魔物ではない。

「エレンさんは逃げてくださいッ！　ここは私が食い止めますから……っ!!」

リリアンヌは詠唱破棄で生み出した光属性の中級魔法で、ワイバーンを牽制する。

そんなものは気休め程度にしかならないとは知りつつも、何もしないということは、座して死を待つということだ。

「……っ!!」

魔法が気に障ったのか、ワイバーンはリリアンヌを睨む。

そして不意に、リリアンヌへと尻尾を振り下ろす。

咄嗟に光属性の上級魔法、その中でも防御に特化した魔法を唱えるが、衝撃を全て受けきることは出来なかった。

衝撃で吹き飛ばされたリリアンヌは痛みに顔を歪める。

しかしリリアンヌには初めからワイバーンを倒す気などない。

ワイバーンの気を少しの間だけでも逸らすことさえ出来れば。

せめてエレンが逃げられるだけの時間さえ稼げれば十分だと思っている。

それなのに。

「エレンさん……？」

どうしてそこに立っているのか。

「はやく、逃げてください……！」

リリアンヌの必死な叫び声に、エレンは反応を見せない。

もしかしたらワイバーンの存在感に、動くことさえ出来ないのかもしれない。

ただじっと、呆けたようにワイバーンを見上げている。

リリアンヌへの興味を失くしたワイバーンは、目の前で佇む人間を見下ろす。

一人と一匹の視線が重なり合う。

絶望的な状況に、リリアンヌは何とか地面を這いつくばる。

何とかエレンだけでも逃がしたいが、吹き飛ばされた衝撃で身体が上手く動かない。

こんなことになるのなら、出し惜しみなどせずに光属性の上級魔法でワイバーンを攻撃していれば良かった。

だが今更そんなことを嘆いても、時間は巻き戻らない。

「……っ」

エレンを頭から噛み殺そうと首を伸ばすワイバーンに、エレンが掌を翳《かざ》す。

それはきっと、エレンなりの最後の悪あがきなのだろう。

どちらにせよ、中級魔法までしか使えないエレンが、ワイバーンに太刀打ちできる可能性など皆無だ。

皆無のはずだった。

「求めるは灼熱」

その詠唱が、リリアンヌの耳に届いてくるまでは――。

「それは全てを燃やし尽くすまで」

エレンの微かな呟きが、どうしてかリリアンヌの耳に届く。

それはまさしく言霊。

その一言一句は魔力を帯び、その一言一句は天変地異の種となる。

「塵と化せ――劫火」

エレンが手を振りかざす。

その瞬間、辺りは紅の世界に包まれた。

リリアンヌはそれ以上の言葉を紡ぐことが出来なかった。

なぜなら、視界がはっきりしてきた中で、確かにそこで圧倒的な存在感を放っていたはずのワイバーンが跡形もなく消えてしまっていたのだ。

「な、何が……」

リリアンヌは、恐る恐る、視線をずらす。

そこにはエレンが、まるで気持ちを読み取らせないような無表情で立ち尽くしていた。

状況的に、間違いなくエレンがワイバーンを倒したのだろう。

しかし、どうやって。

微かに聞こえたのが詠唱だとすれば、エレンは魔法を使っていた。

だが、ワイバーンを一撃で屠るなど上級魔法では出来ない。

あれは――――最上級魔法だ。

でもそれはおかしい。

なぜなら――。

「エレンさんは精々、中級魔法が限界だったんじゃないんですか!?」

リリアンヌの悲鳴にも近い叫び声が響く。

先日、リリアンヌはエレンの実力について聞いたばかりだ。

その時エレンは確かに、中級魔法が限界と言っていた。

それなのに今、エレンは最上級魔法を使って見せた。

それはつまり、エレンが嘘を吐いていたということに他ならない。

リリアンヌはワイバーンがいなくなり危機が去ったことを喜ぶよりも前に、どうしてもエレンを問いただささずにはいられなかった。

リリアンヌはエレンに詰め寄る。

その胸倉を掴み、真実を話すまで離すまいと心に決める。

「リ、リリアンヌさん？」

だが、あまりに覇気の無いエレンの声で一瞬にして毒気を抜かれてしまう。

それまで怖いほどに無表情だったエレンが、どこか驚いたような表情で戸惑っている。

「……今のは、何ですか？」

それでもリリアンヌは誤魔化されまいと頭を振り、エレンを問いただす。

「と、いうと？」

「だから、今ワイバーンを倒した魔法は何だったのかと聞いているんです！」

エレンの煮え切らない態度に、リリアンヌの手に再び力が籠る。

しかし当の本人であるエレンは相変わらず戸惑いの表情を浮かべながら、不思議そうに首を傾げる。

「ワ、ワイバーンって何ですか？」

だがエレンはリリアンヌの聞きたい答えとは全く関係ないことを口走る。

しかしワイバーンの恐ろしさなど子供でも知っているような知識だ。

「いくらエレンさんが誤魔化すのが上手いからって、知らないじゃ通させませんよ」

だから観念して全て話しなさい、と強い視線を向けるリリアンヌ。

だがエレンの表情は相変わらず崩れない。

「いや、別にワイバーンのことを聞きたいわけではなく、僕が今倒したのはただの『リザード』でしたよね？」

「――――は？」

エレンの言葉に、リリアンヌが固まる。

さすがにその発言はリリアンヌも見逃すことが出来なかった。

「急に出てきたのには僕もびっくりしましたけど、火属性の初級魔法で倒せるような弱い魔物で良かったです」

心底ホッとしたような表情で胸を撫でおろすエレン。

その瞬間、ぞわりとした。

得体の知れない目の前のエレンに対して。

そしてそれ以上に、何を言っているのか全く理解できないエレンの言葉に対して。

エレンは言った。

自分が倒したのはリザードだと。

エレンは言った。

自分が使ったのは初級魔法だと。


「あなたは、何を言っているんですか……？」

気付けばリリアンヌは数歩、後退っていた。

摑んでいたはずの胸倉はとうに離していた。

リリアンヌの本能が警鐘を鳴らしていた。

しかしそんなリリアンヌとは対照的に、エレンはいつもの表情を浮かべている。

それが尚更、リリアンヌの恐怖を駆り立てる。

それでもリリアンヌは、言わずにはいられなかった。

「……エレンさんは、火属性の最上級魔法でワイバーンを倒したんじゃないんですか？」

それはまるで違和感の糸を手繰り寄せるように。

願わくは、エレンが「冗談です」と言ってくれないかと祈りながら。

しかしそんなリリアンヌの淡い期待は一瞬にして打ち砕かれる。

「リリアンヌさんも冗談なんて言うんですね。僕が最上級魔法でワイバーンを倒すなんて、あり得ないですよ」

エレンは笑っていた。

「――――お伽噺じゃないんですから」

そして今後、どれだけリリアンヌを悩ませるか分からない言葉を言い放った。

011　家族

「リリアンヌ、どうしたこんな時間に」

皆が寝静まったような時間帯、公務の残りを済ませようと起きて作業していたジョセの部屋へ、リリアンヌが静かにやって来た。

「お父様、エレンさんのことでお聞きしたいことがあります」

「……エレン君について？」

「お父様は、エレンさんのことについて何か知っているんじゃないんですか？」

「……さあ、どうだろうな」

リリアンヌの質問に対して、首を傾げる。

しかしその答えの前に、僅かな間があったのをリリアンヌは見逃さなかった。

やはりお父様は何か知っている。

そう確信したリリアンヌは更なる追い打ちをかける。

「今日、ギルドの依頼で森の調査をしていたんですが、ワイバーンと遭遇しました」

「何っ!?」

ガタッと大きな音と共に勢いよく立ち上がるジョセの顔は驚愕に包まれている。

その反応で、どれだけワイバーンが危険な存在であるかということが分かるだろう。

「す、すぐに討伐隊を編制しないと……」

慌てた様子でどこかへ駆け出そうとするジョセを、今度はリリアンヌが慌てて止める。

「大丈夫です。その時、エレンさんも一緒だったので」

「そ、そうか。それなら良かった……あ」

ジョセがしまったと思った時は、既に遅かった。

リリアンヌはその答えを聞きたかったとばかりに満足げな表情を浮かべている。

「どうしてエレンさんが一緒だとそんなに安心できるんですか?」

「そ、それは……」

「やっぱりエレンさんについて何か知っているんですね?」

「うっ……」

そもそもの温和な性格が裏目に出たのか、リリアンヌの追い打ちを躱《かわ》しきれない。

もはやエレンのことについて否定することも出来ず、ジョセはただ唸ることしか出来なかった。

だがジョセは仮にも公爵家現当主。

恐らく何か情報規制がかけられているのだろうエレンに関する情報を簡単に話すわけにはいかな

いと思っているのかもしれない。

それがたとえ溺愛する娘であっても、だ。

「お父様、私はエレンさんのことを新しい家族だと思っています」

しかしリリアンヌはそんなジョセを逃がしはしない。

強い視線を以て、ジョセを追い詰めていく。

それは偏《ひとえ》に、エレンのことを思うが故の行動だ。

「そして私は今日、そんなエレンさんに命を救われました」

ワイバーンと遭遇した時のことは今でもよく覚えている。

だがそれ以上に、エレンが見せたあのお伽噺のような光景の方が忘れられない。

あの時はもう本当にだめだと思った。

そしてせめてエレンだけでも逃がそうと必死だった。

リリアンヌに出来ることと言えば、それくらいだと思ったのだ。

そんなリリアンヌの決死の思いを一瞬で無に帰するような、エレンの実力。

ワイバーンを跡形もなく塵と化してしまうような、エレンの魔法。

「でも、エレンさんは絶対的に何かがおかしいです」

それが全てが終わった後の、リリアンヌのエレンに対する評価だ。

「エレンさんは間違いなく一撃を以てしてワイバーンを跡形もなく消し去りました。火属性魔法の詠唱をしているようでしたが、あの威力は間違いなく最上級魔法のそれでした」

火属性の上級魔法ならラクスがある程度まで使いこなせているはずだ。

ではラクスに「あなたはワイバーンを一撃で跡形もなく消し去ることが出来ますか？」と聞いてみればいい。

きっと返って来る答えは「何の冗談だ？」だ。

つまり上級魔法を超える魔法をエレンは使ったということになる。

そしてそんな魔法があるとすれば、それは最上級魔法以外に考えられない。

「ただ事前にエレンさんから『精々、中級魔法が限界』と聞いていた私は、エレンさんに嘘を吐かれたのだと思い、詰め寄ったんです」

何が中級魔法が限界だ、と。

やはり実力を隠していたではないか、と。

「でもエレンさんは言いました。自分が今倒したのは――『リザード』だと」

そんなはずがない。

もし仮にエレンの言う通り、あの時現れたのがリザードだったとしたら、リリアンヌが牽制で放った光属性の中級魔法でとうに倒し終えている。

それに全力で作った魔法防御をいとも容易く突破するなどあり得ない。

「そして、自分が使ったのは火属性の初級魔法だと」

その言葉を聞かされた時、リリアンヌは軽く眩暈《めまい》がした。

ワイバーンを一撃で屠るような魔法が初級魔法だとするならば、この世界はとっくの昔に火の海になっていただろう。

それに驚くべきなのは魔法の威力だけではない。

視界を一瞬とはいえ赤一色に染め上げてしまうような、魔法の規模にも驚かされた。

確かにエレンの言うように、リザードを火属性の初級魔法で倒すことは可能だ。

しかしそれは跡形もなく一瞬で消し去るようなそれとはわけが違う。

つまりエレンの言うことは明らかにおかしいのだ。

「その話を聞いて、私はてっきりエレンさんが自分の実力を隠しているのだと思いました」

大きな力を持つということは得てして厄介ごとに巻き込まれるものだ。

それは聖女と称されるリリアンヌも重々承知していた。

だからこそ、自分にくらいは本当のことを教えてもらいたいと思った。

「でも気付いたんです」

リリアンヌはまるで今から言うことを自分でも信じたくないとばかりに、大きく息を吐いた。

「エレンさんが嘘を言っているわけではなく、至って真面目に、そんなことを言っていることに」

そのことに気付いた時、リリアンヌは驚愕した。

そして驚いて、鳥肌が立った。

自分の力を理解していないエレンが、一体どれだけの影響を周りに及ぼすのか。

そして自分の本当の実力を知った時、エレンはどうなってしまうのか。

前者は考えるまでもない。

エレンが何かの拍子に街中や学園で魔法を使えば、その被害は甚大なものになるだろう。

ワイバーンを一瞬で跡形もなく消し去ってしまうような魔法だ。

あれが自分や、他の誰かに向けられた時のことは正直想像したくない。

そして後者の方は、エレン自身によるところが大きいだろう。

もしエレンが何か大きな力を手に入れた時、その力を自分の思うがままに振りかざすような人物であるなら、その存在はアニビア国の、他国の、ひいては世界の厄介者になるだろう。

だが二週間程度とはいえ、同じ家で生活してきたリリアンヌはエレンならそのようなことになる心配はないだろうと思っている。

むしろリリアンヌは、そんなエレンを放っておかないだろう周囲について一番心配している。

世界でも最上級魔法を使える魔法使いは数える程度しかいないとされている。

そして今回新たに、エレンという存在が浮上してきた。

もしこのことが公《おおやけ》になれば、各国がエレンを我が国に引き入れようと画策するに違いない。

それだけならいいが、実力者を厄介に思う国がエレンに刺客を向けてくる可能性は少なからずあるはずだ。

「お父様。私はエレンさんのことをもっと知っておきたいんです」

自身の本当の力を理解していないエレンが、誤った道へ進んだりしないように。

現段階で、エレンの一番近くにいるのは自分だとリリアンヌは何の驕りでもなく自負している。

そんなリリアンヌだからこそ、エレンのことを知っておくべきではないのか。

「公爵家の娘としてではなく、一人の家族として、エレンさんのことを教えてください」

リリアンヌは公爵家現当主の父のことをよく理解している。

ジョセは厳格な人物ではあるが、情に厚い性格だ。

だからこその——家族。

「…………むう」

リリアンヌの意思の籠った言葉に、ジョセが唸る。

そしてしばらくの逡巡の末、諦めたようにため息を吐いた。

「分かった。私が知っているエレン君のことを話そう」

「お父様……！」

「その代わり、ワイバーンに遭遇した時のことを詳しく教えなさい」

「はい！　分かりました！」

妥協案とばかりのジョセの言葉に、リリアンヌは満足げに頷いた。

012　前日談

「まず、どこから話そうか……」

そう言いながら、ジョセは三週間前に王城へ呼ばれた時のことを思い出していた。

◇　◇

「……留学生、ですか？　それも平民の？」

その日、国王から緊急の招集がかかり王城へやって来たリュドミラ家当主のジョセは、国王の話を聞いて訝し気に呟いた。

重大案件と聞いていただけに、思わずその内容に拍子抜けせずにはいられない。

更に聞けば、その留学生は平民だと言う。

ジョセ自身、平民に対して差別意識などはなく、むしろ平民たちからは良識ある善き貴族として尊敬されていた。

だが仮にもリュドミラ家は公爵家の位を持っている。

他国の王族や公爵ならいざ知らず、貴族ですらない平民がいきなり公爵家で世話になるなど聞いたこともない。

それも留学期間の約二年半もの間を、だ。

「いや、本当は王城に住まわせる予定だったのだ。だがさすがに宰相たちから反対されての」

「は、はあっ!?」

ジョセは目の前にいるのが国王であることも忘れて、声をあげてしまった。

「どうしたらただの平民の留学生が王城に住むなどということになるのですか。反対されて当たり前です！　むしろ候補として挙がる時点でだめでしょう!?」

尤もな意見を述べるジョセに国王も頷く。

しかし国王にも国王の事情があった。

「これは宰相にも言っていないことなんだが――」

国王はジョセを手招きすると、その耳元で小さく呟く。

「どうにもその留学生は、最上級魔法を使えるらしい」

「な――っ!?」

思わず叫びそうになるのを何とか堪える。

しかしジョセはそれで全てが納得できた。

最上級魔法――世界でも数えられる程度しかそれを使える魔法使いはいない。

それを若くして会得した者が留学生としてやって来るのであれば、その宿泊先に公爵家が選ばれても何の疑問もない。

むしろ国王の言う通り、王城に住まわせるのが妥当ではないかとさえ思える。

「でもよくそんな優秀な人材の留学を許可しましたね」

最上級魔法を使える魔法使いなど、普通なら何としてでも国に置いておきたいと思うはずだ。

易々と他国への留学が許可されるのは異例のことだろう。

「……ヘカリム国、ですか」

だとすれば考えられるのは、国の方針としてそもそも魔法使いを必要としないような国だ。

ジョセの予想に、国王も頷く。

ヘカリム国。

精霊使いの育成を主とするその国では、何より精霊を使役する力が問われる。

そして精霊使いとは相反するような魔法使いが一番暮らし辛い国だと言われている。

「ただいくらヘカリム国とて最上級魔法を使える魔法使いを手放すのは惜しいらしく、基本的には何でもありのウチを留学先に選んだらしい。まあ本人の希望も含まれているらしいがな」

「あぁ、確かに魔法至上主義のような国では、そのような魔法使いは何としてでも我が物にしようとするでしょう。でも本人の希望というのは意外ですね。それだけの魔法が使えるのなら、それこそ魔法至上主義の国へ行きたがっても不思議ではないですが」

「何でも本人曰く、色々なことを学べる国が良いということらしい。最上級魔法が使えるのに、その上他にもというのは殊勝なのか、それとも単に貪欲なのか」

「どちらにせよ我が国にとってはそのような将来有望な魔法使いと繋がりが出来るのはありがたい話です」

　アニビア国の繁栄は、二人にとっても喜ぶべきことだ。

　もちろんその留学生を利用したりするようなことはないが、それでも優秀な魔法使いと伝手を作ることが出来るのは大きい。

「ただ留学生が最上級魔法が使えるということは、出来るだけ内密に頼む」

「はっ。分かりました」

　大きすぎる力は得てして厄介ごとを生み出す。

　恐らく国王はそれを危惧しているのだろう。

　であればジョセはその国王の意向に従うまでだ。

「ですが妻に隠し事は通じないので、その点だけはご了承していただけると……」

「何とも情けないことだ……」

　公爵家当主の情けない言葉に思わず嘆く国王だが、ジョセの妻とは面識もあり二人の関係性も十分に理解していたので、それ以上は何も言わなかった。

「くそ……っ」

「こ、国王様？　一体どうなされたんですか？」

件の留学生がアニビア国へやって来る当日、国王から引っ張られるように私室へ連れてこられたジョセは、らしくない動揺ぶりを見せる国王に恐る恐る尋ねる。

「ヘカリムの王、ここに来てとんでもない爆弾を落としていきおった」

「爆弾ですか？」

「あぁ。今回の留学生、初めは『最上級魔法が使える魔法使い』としか聞いていなかった。だが今朝早くになって突然、追加の情報を伝えてきたのだ」

憎らし気に呟く国王を見て、その追加の情報とやらが良くないものだったことをジョセは察する。

それも国王の様子から察するに、相当なものなのだろう。

だがこれから公爵家で身柄を預かる以上、ジョセが知らないというわけにはいかない。

覚悟を決めて、その内容を聞く。

「どうやらその留学生、自身が最上級魔法を使えることを分かっていないらしい」

「…………は？」

しかし国王の答えはジョセの覚悟を軽く凌駕するものだった。

思わず口を開けたまま呆けたように固まるジョセ。

恐らく国王も初めにこのことを聞いた時、同じような反応をしたことだろう。

それくらい国王が口にしたことはあり得ないことなのである。

「それどころか自分では上級魔法すら使えないと思い込んでいるらしい」

「な、なぜそのようなことに……」

「分からぬ。しかも更に質《たち》の悪いことに、思い込みが激しい性格なのか、周りからの言葉を信じようともしないらしい」

「は、はぁ……？」

「因みにヘカリム国内でのギルドランクはＳ、それだけでなくＳランク相当の魔物を単独で討伐したとの報告が何件もある」

「なっ……!?」

その言葉に驚かずにはいられない。

本来、ランク指定された魔物というのは、同ランクの冒険者が複数人で討伐することを基準にしている。

つまり最高ランクであるＳランクの魔物を単独で討伐するということは、その留学生がＳランクの一個上の位置にいるということと同じようなことなのだ。

もちろんＳランクになるような冒険者が、他の冒険者たちと一括りに出来ないような実力者であるということはジョセも理解している。

だがそれでもSランク指定されているということは、魔物の方も同じように常識の範囲から外れた存在ということなのだ。

それを単独で討伐するなど、もはや次元が違う。

「これだけの状況が揃っているにも拘わらず、本人は至って真面目に『低ランクの魔物を倒したら勘違いされている』と愚痴を零しているらしい」

「あ、あり得ませんね……」

ジョセは思わず頭を抱える。

最上級魔法が使えたり、Sランク指定の魔物を単独撃破したり。

正直それだけでもとんでもない爆弾に違いないのに、その上それではもはや手の施しようがない。

「ヘカリムの王もそんな留学生は断られると思ったのか、直前まで黙っておったわけだ」

「学園の編入手続きも済ませている以上、今更留学取り消しなどすれば他国への印象も悪くなりますね……」

多方面の人材育成を目的としているアニビア国は、それぞれの分野で優秀な人材を輩出する諸外国との関係を悪化させるわけにはいかない。

だとすればアニビア国に残された選択肢はただ一つ。

問題の留学生を黙って引き受けるしかなかった。

「……全くとんだ爆弾を落としていってくれたものだ」

とはいえもうすぐ件の留学生も城に到着するだろう。

どうにも出来ないことを嘆いていても仕方がない。

「くれぐれも留学生には気を付けてくれ」

「……はい」

国王は国王として、命じることしか出来ない。

そして公爵家の当主は公爵家の当主として、国王の言葉に頷くことしか出来なかった。

０１３　光魔法

「そういうことだったんですね……」

ジョセの話が終わり、リリアンヌは静かに頷く。

ラクスの言っていた通り、今回の留学には裏の事情が隠されていたらしい。

エレンについても最上級魔法が使えるとはいえ、Ｓランクの冒険者だったことや、Ｓランク指定の魔物を容易く屠ることが出来るということが知れたのは大きかった。

確かにそれを前もって知っていれば、リリアンヌがワイバーンと遭遇した時、エレンと一緒だったと聞けばジョセのように安堵してしまうのも当然だろう。

「このことはくれぐれも内密に。そしてエレン君を変に刺激しない方がいいだろう」

「はい、分かってます」

ジョセの言葉にリリアンヌが頷く。

エレンのことを知りたがっていたラクスには悪いが、どうやら今回のことを教えるわけにはいかないらしい。

そしてエレン自身にも、今後は最上級魔法のことなどはあまり触れないほうが良さそうだ。

というよりもどうせエレンに何か言ったところで、エレンは聞く耳を持たないだろう。

「それでは次はワイバーンと遭遇した時のことを詳しく教えてくれ」

ジョセはリリアンヌが見たと言うエレンの力を聞くべく、身を乗り出した。


「なるほど。やはりエレン君は凄まじいな……」

リリアンヌの話を聞いたジョセは軽く冷や汗を流している。

「国王様には私から伝えておこう。ワイバーンが近隣の森に出たとなれば、もしかしたら本格的に森の調査が行われるかもしれん」

「そうですか」

それを聞いてリリアンヌがホッと息を吐く。

あそこの森は低ランク帯の冒険者たちもよく訪れる場所だ。

主に薬草採取や、ゴブリンなどの低ランクの魔物を狩るのに最適なのである。

だからこそワイバーンのような危険因子がいなくなったことを確認するべきだと思っていた。

「もう夜も遅い。いくら明日が休日とはいえ、早く寝た方がいい」

「分かりました。報告の件、よろしくおねがいします」

おやすみなさいと言い残し、リリアンヌは部屋を出る。

自室へ戻る途中、リリアンヌは先のことを振り返る。

その表情には僅かに陰りが見えている。

ジョセからエレンのことを教えてもらったのと同じように、リリアンヌもジョセにエレンのことを話した。

その中で少なくともジョセの方は、自分の知っている情報を洗いざらい全て吐いてくれたはずだ。

だが、リリアンヌにはジョセに言っていないことが一つだけあった。

といってもそれはエレンに関することではあるものの、エレンと話す中でリリアンヌが感じた違和感のようなものだ。

もしかしたら自分の勘違いか、考えすぎという可能性もある以上、この上ジョセに負担をかけまいと思ったからこそリリアンヌはそれを言わなかった。

しかし今になって、やはり言うべきだったのではないかという思いが徐々に増してきた。

『僕なんて精々、中級魔法が限界だよ』

それはエレンがラクスに言ったという言葉だ。

それに関してはリリアンヌも、エレンから直接同じようなことを聞いている。

今回、エレンがワイバーンを倒すのに使ったのは火属性の最上級魔法だ。

そしてエレンはその最上級魔法のことを、初級魔法だと言った。

――――では、エレンにとっての中級魔法とはなんだ？

エレンにとって、最上級魔法というのは初級魔法ということになっている。

だがエレンが中級魔法までなら使えると言っている以上、それは最上級魔法を超える何かということになるのではないだろうか。

「……考えすぎ、ですよね」

最上級魔法を超える魔法なんて、考えるだけ馬鹿馬鹿しい。

リリアンヌは、自分の頭の中にある考えを振り払うように数度頭《かぶり》を振ると、再び自室へ向かい始めた。

◇　◇

「リリアンヌさん、おはようございます」

「お、おはようございます」

翌朝、朝食の場に集まったリリアンヌのエレンに対する態度はどこかぎこちない。

しかし相手が本当は最上級魔法を使えるとなれば、そんな態度になってしまうのも無理はないだろう。

何かの拍子に機嫌を損ねたりでもしたら……。

「ん、どうかしました？」

リリアンヌの視線に、エレンが首を傾げる。

気の抜けるようなエレンのいつも通りさに、リリアンヌは肩の力を抜く。

よく考えれば、エレンが力任せに誰かに暴力を振るうような人ではないことなど、他でもないリリアンヌ自身が一番よく理解している。

もちろんすぐにこの緊張を全て解くのは難しい。

だが出来る限り早く、これまで通りの接し方に戻れるように努力しようと決意しながら、リリアンヌはエレンの隣の席に座った。

「リリアンヌさん、ちょっといいですか？」

「は、はい？　何ですか？」

朝食を食べ終わり、リリアンヌがリビングでくつろいでいると、同じく朝食を終えたエレンがふと声をかけてくる。

緊張しないように心がけようとしたばかりではあるものの、突然のことに多少肩を揺らしてしまう。

「今日って予定は空いていますか？　もし良ければ、リリアンヌさんの光属性魔法を見せていただきたいなと思って」

「そ、それくらいなら全然大丈夫ですよ？　ただ庭でやるとなると、どうしても使える魔法は限られてきますけど……」

「はい。それで構いません」

リリアンヌの言葉に頷くエレン。

「それじゃあまた準備が終わり次第、集合ということで」

心なしか嬉しそうな表情で自室へ戻っていくエレンに、リリアンヌもホッと胸を撫でおろす。

その頭の中では既に、エレンにどんな光属性魔法を見せてあげようかという考えが膨らんでいた。


「基本的に今日は攻撃系統ではなく防御を目的とした魔法を見せていこうと思います」

「おお、楽しみです」

今、二人がいるのはリュドミラ家の庭園だ。

ある程度の広さはあるものの、周りには普段から庭師によって綺麗に整えられた庭木が並んでいる。

いくら光属性で燃える心配などはないとはいえ、それでも攻撃魔法は控えるべきだろうというリリアンヌの判断だ。

「まず初めに初級中の初級魔法ですが――『ライト』」

リリアンヌが魔法名を唱えた瞬間、その掌に光球が生まれる。

「これは単に暗い場所を明るく照らすというだけの効果の魔法で、防御の効果なども一切ありません」

至近距離からまじまじとその光球を見つめるエレンに、リリアンヌが分かりやすく説明する。

「魔力消費なども少ないですが、光量によっては消費する魔力も多くなります」

そう言いながら、リリアンヌは浮かぶ光球を消す。

「では次は――――『ライトシールド』」

その瞬間、エレンを覆うようにして光の薄い膜のようなものが現れる。

「これは光属性の初級魔法で、任意の個人に結界を張ることで、ある程度の魔法攻撃を防ぐことが出来ます」

エレンは感心するように頷きながら、自分の周りの結界に恐る恐るといった風に手を伸ばしている。

そんなエレンが微笑ましく、リリアンヌも頬を緩ませる。

「では次に中級魔法の――――『ライトカーテン』」

リリアンヌが手をかざすと同時に、二人の前に中規模な光の膜が現れる。

だがエレンはその光の膜が大きさこそ違えど、それ以外には何も変わらないように感じた。

「もしかして光属性の防御魔法って、基本的な違いは規模だけなんですか？」

「あ、気付きました？　実はそうなんです」

エレンの言葉に少しだけ残念そうに苦笑いを浮かべるリリアンヌ。

もしかしたらこの後、得意顔でエレンに説明するつもりだったのかもしれない。

「だからきちんと使いこなせば、かなりの魔力を節約することが出来るんですよ？」

ここぞとばかりに光属性のことをアピールしてくるリリアンヌ。

しかしエレンもリリアンヌの言ったことの凄さは十分に理解できる。

初級魔法と中級魔法、そして上級魔法の間にはそれぞれ消費する魔力にかなり差があるので、相手の上級魔法を初級魔法で守ることが出来ると考えれば相当なものだろう。

エレンが光属性に感心する姿に、リリアンヌも満足そうに頷いた。

014　闇魔法

「光属性魔法は、今見せたように防御魔法において優秀なだけではなく、攻撃魔法でも十分に威力を発揮します」

　ここでは使えませんが……と釘を刺すリリアンヌに僅かに落胆の色を見せるエレン。

　そんなエレンにリリアンヌも苦笑いを浮かべるが、さすがにこんな場所で攻撃魔法は使えない。

「でもエレンさん、それだけじゃ何かおかしいとは思いませんか？」

「……ん、何がですか？」

「だって光属性魔法って私が言うのもあれですけど、特別扱いされてるじゃないですか」

「そりゃあ特異属性ですからね」

　何を今更そんなことを言っているんだと、エレンは訝し気に首を傾げる。

　しかし光属性の使い手であるリリアンヌは首を振る。

「確かに防御魔法は魔力の節約に役立つし、攻撃魔法にも応用が利きます。しかし逆にそれだけなんです。防御魔法も攻撃魔法も、言ってしまえば他の魔法で代用できます。むしろ防御力という点では土魔法には敵いませんし、攻撃力という点では火魔法にも敵いません。そして多様性という点では水魔法や風魔法より劣ってしまいます」

基本四属性にはそれぞれに突出した利点があると言われている。

防御に特化した土魔法。

攻撃力に特化した火魔法。

多様性に特化した水魔法と風魔法。

どれもその一点に限って言えば、光魔法よりも明らかに優れている。

「それなのにどうして光魔法が世間から特別扱いされているのか分かりますか？」

まるで教師が生徒に教えるように逐一説明していくリリアンヌの質問に、エレンは考える。

「……回復魔法、ですね」

わずかな逡巡のあと、エレンは答えを導きだした。

その答えに、リリアンヌが満足そうに頷く。

「エレンさんの言う通り、光属性はすべての属性の中で唯一『回復魔法』を使うことが出来ます」

「僕も直接見たことはないんですけど、そんなに凄いんですか？」

如何せん光属性を使える魔法使いは稀有な存在だ。

努力でどうにか出来るものでもなく、才能が大きく関わって来る。

だからこそエレンも光属性が特別視されている一番の理由として『回復魔法』が大きく関係して

いることを知識としてしか知らなかった。

「初級魔法で小さな傷は治療できて、中級魔法ではある程度大きな傷でも止血は可能です。上級魔法では欠損などでない限り、完璧に治療できます」

「……それは、凄いですね」

「最上級魔法に至っては、欠損さえも完璧に治してしまうのではないかと言われています」

「言われている、というのは？」

「光属性に関しては最上級魔法を使える魔法使いが一人もいないんですよ」

「そうなんですか？」

「はい。そして光属性に限らず、闇属性も最上級魔法を使える人はいないみたいですよ」

リリアンヌの言う通り、今現在、最上級魔法使いが確認されているのは火、水、風、土の基本属性だけだ。

特異属性である光と闇に関しては現段階で最上級魔法を使える魔法使いがいないのではなく、過去から現在にかけてそもそも最上級魔法そのものが確認されていない。

ただ他属性との関連性を見るに、恐らく特異属性にも最上級魔法は存在するのだろうというのが多くの魔法使いたちの見解だ。

「ヘカリムではそんなこと習わなかったです……」

そう呟くエレンの声は若干沈んでいる。

しかし精霊使いの育成を主にするヘカリム国で、魔法に関する教育が疎かになってしまうのは仕方のないことだろう。

リリアンヌは苦笑いを浮かべながら、そんなエレンを励ます。

「でもそう考えたらリリアンヌさん凄いですよね」

「え、何がですか？」

「だって最上級魔法が確認されていない状況で、光属性の上級魔法を使いこなせるってことは光属性だけでいえば全魔法使いの中で一番ってことじゃないですか」

エレンの言うことは尤もだ。

そしてそれが最上級魔法が確認されていない現段階で、光属性の上級魔法を極め、最も最上級魔法使いに近い存在とされるリリアンヌが『聖女』と称される所以《ゆえん》でもあった。

「やっぱりあの噂って本当なんでしょうか？　――属性の才能が髪色に強く現れるっていう」

エレンはふと思い出したように呟く。

それは世間一般で密かに噂されていることで、髪色が才能に左右されるというものである。

今思えば、リリアンヌの髪色はエレンが一目見た時から惚れ惚れするような白髪だった。

そんなリリアンヌが光属性を極めようとしているとなると、これまでただの噂だと思っていたものも少しは信憑性が増すというものだろう。

「…………」

とはいえエレンもそこまで本気で言ったわけではなく、場を和ますために軽く口にしただけだった。

だがリリアンヌの様子がおかしい。

少しだけ俯いている顔からは儚げな表情が覗いている。

しかしそれも一瞬だけで、次の瞬間にはリリアンヌは顔をあげる。

「それじゃあエレンさんは闇魔法を極めちゃいそうですね」

そしてそんな冗談を苦笑いと共に言ってくる。

エレンはリリアンヌが一瞬だけ浮かべた表情の意味が分からず、今はただその冗談に付き合う。

「そんなお伽噺みたいなことはあり得ませんよ。さすがに少ししか使えません」

「え……、エレンさんって闇魔法使えるんですか……？」

「あれ、言ってませんでしたっけ？」

「聞いてませんよ!?」

「ま、まあ少しですけど僕も闇魔法は使えますよ」

「え、ええ……」

エレンの言葉に驚愕の表情を見せるリリアンヌ。

しかし先ほどとは全く別の意味で、その反応の意味が分からないエレンは戸惑いの表情を浮かべる。

だがリリアンヌは今の言葉の意味を、言葉通りに受け取ることは出来なかった。

エレンの髪色は他の色の一切を拒否する黒に支配されている。

初めてエレンを見た時に、黒髪黒目なんて珍しい、と驚いたのをよく覚えている。

しかしリリアンヌはエレンが闇魔法を使えるなど露程も思わず、ただ先の発言に釣られて冗談を言ったつもりだった。

だがエレンが本当に闇魔法が使えるとなれば話は別だ。

「…………」

先日、リリアンヌはエレンに窮地を救われたばかりだ。

その時に使った火属性の最上級魔法。

あの時は初めて間近で目にした最上級魔法に思わずお伽噺のようだと思ってしまったが、火属性の最上級魔法を使える魔法使いなら確かに何人かはいる。

それを考えるとお伽噺のようだと表現するのは大げさで、エレンの言うこともその通りなのかもしれないと思ってしまった。

しかし、その判断は早計だったかもしれない。

リリアンヌは相変わらず『お伽噺じゃないんですから』と笑うエレンをじっと見つめる。

エレンにとっての「闇魔法が少し使える」というのは、一体どのレベルの話なのだろう。

少なくともリリアンヌには言葉通りの意味とは思えない。

あの光景を見た後では、とてもじゃないがエレンの言葉を信じることは出来ない。

でもそれと同時に「今回はさすがに……」と思うリリアンヌがいることも事実だ。

これまでその存在すら確認されていない闇属性の最上級魔法。

だが、在るかもしれないという可能性は人の心に空想を宿す。

空想――お伽噺の中では話は別だ。

その魔法を口にしたときに、闇属性の最上級魔法を扱える存在のお伽噺も囁かれる。

――魔王。

世界に混迷を招き、全てを支配すると云われている魔を統べる王は、闇属性の最上級魔法を使うことができるとされている。

だが、こんなのは所詮ただの空想。

そうなら面白いなという一つの興味が生み出した架空の物語だ。

そんな魔法をただの学生が使えるわけがない。

ただの人間が使っていいような魔法ではないのだ。

――否、使えないからこそ、こうしてお伽噺と化している。

真っ黒な髪に、真っ黒な瞳。

考えたこともなかった。

それが闇魔法と繋がっているかもしれないなんて。

リリアンヌの中で生まれた可能性は、しかしもはや確信に近いものがあった。

だがそれを必死に否定したい自分がいる。

もし本当にエレンが闇属性の最上級魔法を使えたとして、今後、彼をエレンとして見ることが出来る自信がリリアンヌにはなかった。

だからこそそれはもはや願望に近かった。

エレンがエレンであってほしい、というリリアンヌのささやかな願いだ。

しかしリリアンヌは、その視線をエレンの黒髪から逸らすことが出来なかった。

015　旅行

「やっぱり俺の勘違いだったかぁ」

「そうみたいです。森の調査の時も、中級程度の魔法しか使っていませんでしたし」

「まあそれならそれで、あいつのことをちゃんと知れて良かったってことか」

ラクスに呼び出されたリリアンヌは、聞かれるがままにギルドで依頼を受けた日のことを話す。

しかしエレンのことに関してはジョセとの約束もあるので、話すことは出来ない。

それにそれがなくともリリアンヌは、エレンのことをラクスや他の誰かに話すつもりはなかった。

もちろん信じてもらえないだろうという理由もあるが、それ以上にエレンの実力に対して過度な干渉はしない方が良いだろうというリリアンヌの判断だ。

いくらエレンが自分の実力のことを勘違いしているとはいえ、何がきっかけで本当の実力を自覚するかは分からない。

本当はむしろ自覚するべきなのかもしれないが、リリアンヌはエレンには今のままの彼でいてほしかった。

「まあ教えてくれてありがとな」

「いえ、それは良いんですけど、それよりもあの日は結局何があったんですか？」

本当ならあの日はラクスとククルを含めて四人で行く予定だったのだ。

痴話喧嘩に釣られてどこかへ行ってしまったククルはともかく、騎士たちに連れ帰られたラクスのことは休日の間ずっと気になっていた。

「うーん、それについては近々リリアンヌの方に話が行くと思うんだが」

「……？」

ラクスの発言に首を傾げるリリアンヌ。

だが言えない情報なのか、ラクスは難しい表情を浮かべている。

だとすればリリアンヌも強くは聞けない。

どちらにせよ少しすればリリアンヌのもとに話が来ると言っているのだから、その必要もないだろう。

「じゃあククルの方には俺から言っとくから」

「はい、よろしくお願いします」

嘘を吐いてしまったことに対しての罪悪感はあるが、エレンのためだと割り切る。

ラクスは恐らくこれで大丈夫だろうが、ククルの方はリリアンヌもいまいちよく分からない。

情報収集の癖があると聞くが、エレンの周りを変に勘繰られないように気を付けた方が良いだろう。

ラクスに頼みながら、リリアンヌは自分も警戒しておこうと決めた。

◇　◇

「エレンさんにアニビア国の案内、ですか？」

ラクスとの一件の数日後、リリアンヌはジョセに呼ばれ、書斎にやって来ていた。

そこでジョセの話を聞いたリリアンヌは思わず聞き返す。

「あぁ。といってもこの前の商店街を案内するようなものではなくちゃんとアニビアの各所を回って、エレン君に観光案内してほしいのだ」

「そ、それは別に構いませんが……。ですがそれは……」

「あぁ、聖女として巡礼してほしい場所があるのだ。エレン君はそのついでだとでも思ってくれればいい」

リリアンヌの考えを読んだジョセが頷く。

「巡礼は今年の分は既に終わっているはずですが……？」

リリアンヌは年に一度、聖女としてアニビア国の各地を巡礼して回っている。

主に各地の監査が目的だが、聖女として民衆たちの支持を得るためでもある。

「どうにも一か所、急に治安が悪くなりだした場所があるらしい。そこの調査を国王様から任せられたのだ」

そこでリリアンヌはラクスの言葉を思い出す。

ほぼ間違いなくラクスの言っていたことはこのことだろう。

そして言い辛そうにしていたのは内密にするように言われていたからではなく、単純にクラスメイトに危ないことを任せようとしている罪悪感からだったのかもしれない。

「巡礼については了解しました。謹んでお受けします、ですが――」

リリアンヌは責めるような強い視線でジョセを睨む。

「…………エレンさんを利用するおつもりですか？」

このタイミングで聖女として巡礼しなければいけなくなったのは仕方のないことだ。

いくら危険が伴っているからとはいえ、国王からの命令を断るなど公爵家の当主には出来ない。

だがそれにエレンを同行させるというのなら話は別だ。

エレンに観光案内をするだけであれば、別に危険の伴う巡礼に同行させる必要などないのである。

大方エレンを護衛代わりにしようという考えなのだろうが、そのような考えをリリアンヌは認めるわけにはいかない。

「確かにエレン君が一緒に巡礼に行ってくれるのであれば、安心なことこの上ないのは事実だ」

「やっぱり……」

自分の予想通り、エレンを利用しようとしていたことに非難の視線を向けるリリアンヌ。

しかしジョセはその視線に臆することなく、言葉を続ける。

「だが今回、初めにリリアンヌと観光したいと言ってきたのはエレン君に他ならない」

「エレンさんが……？　ど、どうしてですか？」

「そこまでは聞かなかったが、ちょうどその時に国王様からも巡礼の話が来ていたので、その機会に合わせようと思ったのだ」

その言葉にリリアンヌも戸惑わずにはいられない。

もちろんエレンを騙して利用している、ということには変わりないのだが、エレンがどういう思惑で自分と観光したいと言ったのか知りたいという気持ちも確かにある。

だがそれは同時に何も知らないエレンを危険な巡礼に伴わせるということと同じで、リリアンヌは選択の難しさに唸る。

「結果的にエレン君を利用することになってしまうが、私はそれでも娘の安全を第一に優先したいのだ」

「そ、それは……」

狡い言い方ではあるが、それがジョセの本心なのだろう。

そのように言われてしまえばリリアンヌも強くは責められない。

「……分かりました。エレンさんには巡礼に同行してもらいましょう」

ただし、とリリアンヌは条件を出す。

「エレンさんに事前に巡礼のことをお伝えしておいてください。それなりに危険が伴うということも含めて。それでもエレンさんが同行したいという時だけ、一緒に来てもらいましょう」

「……分かった」

ジョセの答えに満足したのか、リリアンヌは書斎を出ていく。

一人残されたジョセはどっと疲れたようにため息を零す。

ジョセとしては何が何でもエレンには巡礼に同行してほしいのだがリリアンヌの意思は固そうで、恐らく今のがリリアンヌの精一杯の妥協案なのだろう。

だとすればここは自分が折れるしかない。

ジョセはエレンに何と伝えようか頭を悩ませた。

◇　◇

「わくわくしますね」

馬車の中から窓の外を眺めるエレンは珍しく目を輝かせている。

しかしその向かい側に座るリリアンヌとしては、どうにも緊張感が足りないような気がしてならない。

「エレンさん？　今回のことちゃんと分かってますか？」

「え、聖女の巡礼に僕が付き合わせてもらうんですよね？」

「それはそうですが、危険があるかもしれないんですよ？」

あっけらかんと言うエレンに、リリアンヌは本当に分かっているのかという気持ちになる。

聞けばこれから行くところは場所によっては治安も悪く、何があるか分からないのだ。

いくらエレンの貴族としての認識が甘いとはいえ、そんな観光気分でいてもらっては困る。

「でもせっかくの二人きりでの旅行ですし、楽しまないと損じゃないですか」

「なっ……!?」

エレンの言い方はまるで、そういう間柄の二人に聞こえてしまう。

というかむしろそれ以外の意味に聞こえないリリアンヌは、もはや怒っていたことも忘れて、顔を真っ赤に染める。

しかしエレンは窓の外を見つめるばかりで、リリアンヌの変化に気付いていない。

恐らくエレンは、自分の言葉がそのように受け取られるなどと考えてもいないのだろう。

もちろんリリアンヌ自身、エレンをそういう対象として見たことはない。

だがさすがにそこまで思わせぶりな発言をしておいて、そのまま放置というのはあまりにも扱いが酷いのではないだろうか。

リリアンヌは相変わらず窓の外に目を輝かせるエレンをジト目で見つめた。

016　宿屋

「そういえばアニビアって暖かいですよね」

「まあそうですね。一応は四季もありますが、冬の時期もそこまで寒くないので比較的過ごしやすいですよ」

王都から少し離れた街の商店街を歩くエレンたちは軽く雑談を交わしながら、今日泊まる予定の宿屋へ向かっていた。

その中でエレンが気になったのは、ヘカリム国との気温の差だ。

ヘカリム国は基本的に気温が低く、雪が降ることも多い。

しかしこのアニビア国は気温が高く、冬にも雪が降ることはないと言う。

「綺麗なんですけどね」

暖かいというのはそれだけで過ごしやすくて良い。

しかし雪が見られないのは、それはそれで残念でもある。

「そんなに綺麗なんですか？」

エレンの珍しい表情に、雪を見たことがないリリアンヌも興味が湧いてくる。

リリアンヌの質問にエレンは力強く頷く。

「視界全部が真っ白になって凄く幻想的なんです。少なくとも僕は大好きですね」

エレンにそんなことを言わせるとは相当なものなのだろう。

リリアンヌの雪に対する興味がますます強くなる。

機会があればぜひ見てみたいものだ、と意気込むリリアンヌにエレンはどこか懐かしむような視線を向ける。

「……リリアンヌさんの髪は、雪みたいです」

「っ……」

あまりにも唐突なその言葉にリリアンヌは息を呑む。

これまで散々、雪が綺麗だとか幻想的だとかの言葉を並べていた直後に、どうしてそんなことを簡単に言えるのだろう。

まさかまた何も考えていないのだろうか。

だとすると心臓に悪すぎる。

さすがに何か一言文句を言ってやるべきだろうかと、エレンを睨む。

しかし初めてやって来る王都以外の商店街に、辺りを物珍しそうに見回しているエレン。

その姿は普段の大人っぽい彼からは想像できないくらいに年相応の反応を見せており、そんなエレンに水を差すのも申し訳なく感じてしまう。

リリアンヌはそれ以上、エレンの言葉を気にしないようにしようと決意する。

だがそれがもはや決意というより諦めに近いものだと分かると、思わずため息を吐いた。

◇　◇

「そういえばリリアンヌさん、巡礼は大丈夫なんですか？」

商店街を歩く途中で思い出したようにエレンが尋ねる。

すっかり観光気分で商店街のお店を回っていたが、本来の目的はリリアンヌの巡礼だ。

エレンはそれに乗じて、アニビア国の観光案内をしてもらっているに過ぎない。

「大丈夫ですよ。巡礼する場所は基本的に決まっているんですが、とりあえず今日のところは何の予定もないので、思う存分エレンさんに付き合えます」

しかしエレンの心配にリリアンヌは首を振る。

そもそも今回の巡礼は、本来全く予定のなかったものだ。

そのせいで今回リリアンヌが巡礼しなければいけないのはただ一か所。

急に治安が悪くなりだしたという、ミルタ街だ。

「それじゃあお言葉に甘えて、今日は付き合ってもらいましょうか」

そう言うと、エレンたちは再び商店街を観光しだした。

「へ、部屋がない……!?」

宿屋へやって来た二人は受付で部屋の手配をしている。

しかし受付の言葉を聞いたリリアンヌは声をあげずにはいられない。

「すみません。ここ最近、妙にお客様が多くてですね……」

「は、はあ」

今いる宿屋は一般的な宿屋とは異なり、貴族御用達の造りが良いものだ。

宿泊費もそれなりに高いため、満室になるということなどこれまでなかった。

だからこそリリアンヌも油断して、事前に予約していなかったのが仇となった。

いくら意外だったとはいえ、こちらの不手際の責任を押し付けるわけにはいかない。

リリアンヌはどうするべきかと頭を悩ます。

他の宿屋という選択肢もあるが、基本的に宿屋は冒険者たちによってほぼ毎日満室状態だ。

今から行って「今日泊まらせてくれ」と言ったところで、部屋を借りられる可能性は低い。

リリアンヌは後ろで部屋を借りるのを待っているエレンを見る。

だがリリアンヌの反応を見て、雲行きが怪しくなっていることをエレンも理解し始めていた。

今もどこか心配そうな表情でリリアンヌを見ている。

このままでは二人とも寝るところすら決まらないまま、夜を迎えることになってしまう。

とりあえず寝るところだけでも確保しなければいけないが、とはいえ何か良い案を思いついたわけでもない。

「あ、あのー……」

一人で考え込んでいたリリアンヌはそこでようやく宿屋の受付が声をかけてきていることに気が付いた。

「一人部屋二つはないんですけど、二人部屋が一つであればご用意できますが……」

◇　◇

「な、なんでこんなことに……」

リリアンヌは薄暗い部屋の中で、ベッドに腰かけていた。

そのベッドはリリアンヌが使うには大きすぎ、しかも枕は二つ並んでいる。

誰がどう見ても、そのベッドは二人用だった。

リリアンヌの頬は上気し、その白髪は僅かに湿り気を帯びている。

明らかにお風呂上がりそのものだ。

そして、そんなリリアンヌの耳には浴室から魔道具を使ったシャワーを浴びる音が聞こえてくる。

一体誰が浴室に入っているのか。

そんなの一人しかいない。

「……なんでこんなことに」

リリアンヌはもう一度同じ言葉を嘆くように呟いた。

「やっぱり二人部屋にしたのは早計だったでしょうか……」

リリアンヌたちが連れてこられた部屋は二人部屋とは言われたものの、ベッドが一つしかなく、いわゆるそういう関係の人たちが泊まるような部屋だった。

ベッドの上で膝を抱えるリリアンヌは、この状況に思わずと言った風に呟いた。

今、リリアンヌはお風呂から上がったばかりで、エレンはお風呂に入っている真っ最中だ。

浴室からのシャワーの音がやけに部屋の中に響く。

自分の時も、こんな風にシャワーの音が響いていたのだろうか。

その時のことを考えるとリリアンヌは頬を赤く染める。

「エレンさんもこんな風に――――」

――――緊張していたのでしょうか。

そう呟こうとした時、

「僕がどうかしましたか？」

「……っ！」

いつの間にか浴室から出てきていたらしいエレンが声をかけてくる。

しかも間の悪いことにリリアンヌがエレンの名前を出したタイミングで、だ。

「な、なんでもありません！」

リリアンヌは慌ててそっぽを向く。

その反応にエレンは首を傾げるが、僅かにその頬が赤くなっているのは恐らくお風呂上がりだからだろうと一人頷く。

「もう夜も遅いですし、そろそろ眠りますか」

「えっ……」

そこでエレンがリリアンヌに提案する。

既に窓から見える外の様子は真っ暗で、商店街の賑やかさも今は影を潜めている。

リリアンヌが僅かに声をあげるが、ちょうど欠伸を噛み殺していたエレンはそんなリリアンヌに気付かない。

「そ、それは……」

この部屋にベッドは一つしかない。

リリアンヌはごくりと唾を飲む。

「僕は椅子で眠るので、リリアンヌさんはベッドを使ってください」

しかしそんなリリアンヌの緊張を他所に、エレンはそそくさと椅子の方へ向かう。

「そ、それなら私が椅子で寝ます！　エレンさんがベッドを使ってください！」

「そんなわけにはいきませんよ」

「な、なら一緒に――」

「それもあり得ません」

リリアンヌの言葉を軽くいなした時は既に、エレンは椅子に腰かけている。

「リリアンヌさんも年頃の女の子なんですから、そういうことを言ってはだめですよ？」

「っ……！」

そこでようやく自分の発言に気付いたのか、リリアンヌの顔が見たこともないくらいに真っ赤に染まる。

そんなリリアンヌにエレンは苦笑いを浮かべながら言う。

「それにそんなことをしたら、ジョセさんに殺されてしまいそうです」

ジョセのリリアンヌに対する溺愛ぶりはエレンも共に過ごして理解しているつもりだ。

もし仮にリリアンヌと同じベッドで一夜を過ごしたなどという事態になれば、殺されても文句は言えない。

そんな事態はさすがに避けたいと願うエレンの今日の寝床は、やはりベッドではなく椅子だった。

017　夜

「……エレンさん、起きてますか？」

真っ暗な部屋の中で、リリアンヌはベッドに横になりながら微かな声で呼びかける。

既に二人がそれぞれ床についてからしばらく経っており、リリアンヌもエレンが起きているとは思っていなかった。

「……起きてますよ」

しかしリリアンヌの予想に反し、暗闇の中からエレンの声が返って来る。

「どうしたんですか？」

「いや、なかなか眠れなくて……」

同世代の異性と同じ部屋で夜を過ごすなど、リリアンヌはこれまでに経験したことが無かった。

そのため今の状況に緊張せずにはいられない。

「……実は僕もです」

「……そうなんですか？」

どこか遠慮がちに呟くエレンの言葉は、リリアンヌにとって少なからず意外だった。

エレンさんのことだから何も考えず熟睡しているのだろうな、と申し訳ないことにそう思っていた。

「そりゃあそうですよ。リリアンヌさんみたいに綺麗な方と同じ部屋っていうだけで心臓が破裂してしまいそうです」

「…………」

そんなことを微塵も思ってなさそうな抑揚のない声に、リリアンヌは思わず声のした方へジト目を向ける。

「……エレンさんはそういうこと誰にでも言いそうですよね」

そして、そんな言葉がリリアンヌの口から思わず零れた。

「えっと、女の人を褒めたりするのが……ってことですか？」

「……そうです」

慌てて撤回しようとするが、そんな間もなくエレンが反応してくる。

いくらリリアンヌにそんなことを言うつもりがなかったとはいえ、言ってしまったものは仕方がない。

「エレンさんは、普通の人なら言わなそうなことまで簡単に言ってのけちゃいますよね」

リリアンヌは大貴族の一人娘。

容姿を褒められることなど、それこそ日常茶飯事だ。

だがその中でリリアンヌの心が強く揺さぶられたことなど一度もなかった。

しかしエレンのそれは違う。

どうしてかひどく動揺してしまう。

エレンの言葉だけにどうしてそんなに動揺してしまうのか考えて分かった。

貴族の子息たちが「綺麗ですね」で済ませるような言葉を、エレンは少しずつ飾っていくのだ。

エレンは雪のことを綺麗だと、幻想的だと言った。

そんな雪なら自分もぜひ見たいと思ったのをよく覚えている。

そしてエレンは、リリアンヌの白髪を「まるで雪みたいだ」と言った。

本人はそんなこと気にも留めていないのだろう。

だが少なくともリリアンヌは無視することが出来なかった。

そしてその影響は少しずつだが着実に出てきている。

エレンに「綺麗」だと褒められるだけで、動揺してしまう。

これまでにもずっと言われ続けてきた言葉のはずなのに、エレンに言われた時だけひどく心が揺れる。

それはきっとこれまでに何度もエレンの装飾された賛辞を受け続け、心が揺さぶられたことで、エレンの言葉自体に錯覚してしまっているのだ。

「あー……、昔からの知り合いに、女の子は褒めるようにと言われ続けていたので、多分そのせいだと思います。不快に感じられていたのでしたらすみません」

「ふ、不快っていうわけではないですが……。そ、それよりも昔からのお知り合いって……？」

エレンの言葉を慌てて否定するリリアンヌだが、それ以上に聞き逃せない言葉が含まれていた。

「はい、女の子なんですけど」

「……女の子」

それを聞いた途端、リリアンヌの胸がちくりと痛んだ——ような気がした。

しかしやはりエレンはそのことには気付かない。

「実はその子、〝勇者〟って呼ばれていて」

「ゆ、勇者ってあの〝ヘカリムの勇者〟ですか？」

エレンの言葉にリリアンヌはもしや、と呟く。

ヘカリムの勇者とは精霊の寵愛を受け、精霊が加護を与えた聖剣を使いこなす者に与えられた称号だ。

その名声はヘカリム国内だけに止まらず、諸外国でも噂になっている。

「確かにそんな風にも呼ばれているみたいですね」

「なっ……」

なんでもない風に言ってのけるエレン。

だがリリアンヌの知っている話では、確かその勇者とやらはヘカリム国の大貴族の息女だったはずだ。

そんな彼女と平民のエレンが知り合いとは、一体どういうことなのか。

聞けばそれなりに仲が良かったようにも思える。

「彼女、家から抜け出すのが得意みたいで」

たったそれだけの説明しかしないエレンに腹が立つが、もしかしたら話しにくいことでもあるのかもしれないと考えると根掘り葉掘り聞くことは出来ない。

「……二人はどういう関係だったんですか？」

その答えを知りたいと思うと同時に、聞かない方がいいのではと思う自分がいることにリリアンヌは戸惑う。

しかし結局、我慢できなかった。

「まあ幼馴染というのが正しいんでしょうが――」

エレンはそこで一呼吸置く。

「――強いて言えば、お互いに比べられる存在でしたね」

「比べられる存在……？」

リリアンヌが聞き返す。

「例えば僕は、あの子は出来るのに。逆にその子は、エレンは出来ないのに、という風に。僕からすれば勇者と呼ばれる彼女と比べられるなんて御免なんですけど、なぜか妙に懐かれてしまって無下にすることも出来ず」

リリアンヌは思わず息を呑む。

なんでもない風に言うエレンが一体どれだけ心を苛まれたか、リリアンヌには分からない。

しかし「困りますよね」と零すエレンが苦笑いを浮かべていることだけは嫌でも分かった。

「……エレンさん、それは」

エレンは自分の実力に対する評価がおかしい。

盲目的とでも言うべきか、力があるという事実を絶対に認めようとしない。

もしそれに何か理由があったとして、それは一体どんなものなのだろうかとずっと考えていた。

でもそれはもしかして――。

「――明日も早いです。そろそろ寝ましょうか」

リリアンヌの言葉を遮るようにして、エレンが言う。

まるでそれ以上何かを言うつもりはない、とでも言うように。

「じゃあ、おやすみなさい」

「……おやすみなさい」

暗闇の中でエレンがどんな表情を浮かべているのかは分からない。

しかしリリアンヌにはそれ以上、エレンに何かを聞くことは出来なかった。

018　ファイア

「…………」

結局、昨日のあれは何だったのだろうか。

あれからずっと考えているが、特に何か分かったわけではない。

とはいえエレンに直接聞くのも憚られる。

リリアンヌは馬車に揺られながら、窓の外を眺めるエレンの横顔をぼうっと見つめる。

まるで他の色を寄せ付けない黒に支配された髪色は、見れば見るほど吸い寄せられるように視線を外すことが出来ない。

「――ヌさん、リリアンヌさん！」

「は、はいっ、何ですか？」

気が付けば、エレンから声をかけられていたらしい。

エレンを見ていたことがバレてしまったと、リリアンヌは顔を赤く染める。

反応が遅れたことを心配したエレンがリリアンヌの顔を覗き込むが、リリアンヌは慌てて顔を背ける。

「確か今日行く予定のところが、巡礼の場所なんでしたよね？」

「そ、そうです。治安が悪くなっているようなので気を付けてください」

「分かりました。リリアンヌさんの傍から離れないようにします」

エレンの言葉に慌てて頷く。

そう、今は巡礼の真っ最中なのだ。

関係のないことばかりに気を取られていても仕方がない。

そもそもエレンのおかしさは今に始まったことではない。

それに少なくとも学園を卒業するまでの約二年半はエレンと一緒に生活するのだ。

エレンのことはその間にもっと知ればいいだけのことだ。

リリアンヌは気を引き締めるために、頬を二度叩いた。

◇　◇

馬車から降りた二人は今、ミルタ街にある大通りへとやって来ていた。

「これは、何というか……」

「ええ、予想以上に酷いですね」

エレンの言葉に、リリアンヌが同意する。

二人の視線の先に広がるのは、まさに荒廃したというべき光景だった。

もちろんそのままの意味ではない。

しかし大通りだというのに人の数は少なく、店も閉じられているところを見ると、そう感じずにはいられなかった。

偶に見かける通行人も、いかにもガラの悪そうな冒険者風の男たちばかりだ。

「……まずは教会へ向かいましょう」

リリアンヌが顔を曇らせながら言うと、エレンは静かに頷いた。


「せ、聖女様、よくぞおいでくださいました」

「頭を上げてください、シスター」

教会へやって来てすぐに応接間に案内された二人を待っていたのは、一人の壮年の女性だった。

「し、しかし……」

「子供たちも見ていますから」

なかなか顔を上げようとしないシスターにリリアンヌが部屋の扉の部分を密かに示す。

そこには僅かに扉を開けて、中の様子を盗み見ようと試みる教会の子供たちの姿があった。

「す、すみません」

「構いませんよ」

慌てて謝るシスターに、リリアンヌは笑みを浮かべる。

「エレンさん、どうせ今から話すことは聞いていてもつまらないですし、子供たちの相手をしていてくれませんか?」

「ん、分かりました。話が終わったら声をかけてください」

突然話を振られて驚くエレンだが、リリアンヌの言葉に従わない理由はない。

「なっ……」

大人しく部屋の外へ出たエレンを待っていたのは、数人の子供たち。

まさか部屋から誰かが出てくるとは思っていなかったのか、エレンの姿に各々驚きや焦りの表情を見せている。

どうやら少なからずイケないことをしている自覚はあったらしい。

「皆はこっちで一緒に遊ぼうか」

「………」

とはいえさすがにこのままという訳にはいかないので、エレンはその場を離れさせようとするが、子供たちは互いに顔を見合わせるだけで動こうとはしない。

やはり中の様子がどうしても気になってしまうらしい。

これはどうしたものかと頬を掻くエレンだったが、そういえばと持ってきていた鞄の中を漁る。

「……実はお菓子があるんだけど、教会のことを教えてくれた子には少しだけお礼しちゃおうかな」

「っ！　お、お菓子……！」

やはり子供と言うべきか、お菓子の誘惑には抗えなかったらしい。

お互いに牽制しあいつつ、我先にお菓子を貰おうとしてくる子供たちにエレンは苦笑いを浮かべながら、皆と共にその場を離れた。

「じゃあここにいる皆はさっきのシスターと一緒に暮らしてるんだ」

「うん。美味しいご飯とか作ったり、文字とか教えたりしてくれるの！」

エレンは子供たちと話しながら、教会のことを聞いていた。

もちろん色んなことを教えてくれた子にはお菓子でお礼をしている。

「で、でも最近は『りょーしゅ様』って人からの『きふきん』とかが少なくなったってシスターが話してるの聞いたよ！」

「そのせいでご飯とかも少なくなったりして、皆お腹減ってるの」

「……ふーん」

子供たちの話に、エレンは目を細める。

どうにも今回の巡礼や、ミルタ街の治安の悪さに関係しているような気がしてならない。

恐らくリリアンヌもそれを見越して、初めに教会へやって来たのだろう。

「はい、残り全部あげるから皆で分けて食べるんだよ？　……ん？」

とりあえず子供たちから聞けることは大体聞けた。

話が終わったら声をかけてとは言ったものの、恐らくあちらもそろそろ話が終わるころだろう。

エレンは立ち上がり、先ほどの部屋に戻ろうとして服の裾が引っ張られていることに気が付いた。

振り返ると年端も行かない一人の少女がエレンを見上げてきている。

他の子供たちとは違い、お菓子には目もくれない。

一体どうしたのだろうとエレンが首を傾げていると、その少女はおずおずといった風に呟く。

「お兄ちゃんは、魔法が使えるの……？」

「うーん、まあ少しなら。でもどうして？」

「わたし、大きくなったら魔法使いになりたいの」

「魔法使いを目指してるんだ。じゃあ魔法使いになって何がしたいの？」

「すごい魔法使いになって、いっぱいお金を稼いで、教会のみんなと幸せに暮らしたい」

「……へぇ」

エレンは感心のため息を零す。

こんなにも小さな子供が、そんなことを考えているとは思ってもいなかった。

だが恐らく教会では、魔法を教えてもらう機会など皆無なのだろう。

だからこそエレンに魔法が使えるかどうか尋ねてきたのだ。

あわよくば魔法を教えてもらおう、と。

「魔法はね、自分の中にある魔力を意識するのが重要なんだ」

エレンの言葉に頷く少女。

とはいえそれをすぐに実践するのは難しいだろう。

だからエレンは一瞬でも少女が魔力というものを感じられるように、少女の手を握り、自らの魔力をその身に宿らせる。

「……あったかい」

エレンの魔力に、少女がうっとりしたように呟く。

だがせっかくの機会を無駄にすまいと思ったのか、すぐに真剣な表情に戻る。

「じゃあその魔力を使って、火を起こすイメージを思い浮かべるんだ――――ファイア」

そう言って、エレンが自分の指の先に小さな火の玉を生み出す。

見よう見まねで少女も実践する。

「……ファイア」

すると先ほどのエレンの魔力が反応し、少女の指先に小さな火の玉が生まれる。

「ま、魔法だ……」

少女が感動したのも束の間、その火の玉はすぐに消えてしまう。

エレンが少女に宿らせた魔力が尽きたのだ。

残念そうな表情を浮かべる少女に、エレンは笑いかける。

「今の感覚を忘れないうちに練習すれば、きっと魔法を使えるようになるよ」

「ほ、ほんと？」

「うん、絶対」

少女の心配に、エレンは頷く。

すると少女は暗い表情から一変して明るい笑顔を見せる。

どうやらエレンの言ったことを信じたらしい。

すぐにでも「ファイア！」と練習しだしそうな勢いだ。

「頑張ってすごい魔法使いになるね！」

「それは楽しみにしとかなきゃ」

嬉しそうに笑う少女の頭を撫でながら、エレンは「そういえば」と少女の耳に顔を寄せる。

「今日のことは皆には秘密だよ？」

少女は一瞬、よく分からないような表情を浮かべたが、特に気にしなくてもいいだろうと思ったのか「うん！」と力強く頷いた。

019　亀裂

「……ではやはり今回の件については領主が大きく関係しているんですね」

「シスターの話を聞く限りでは恐らく。でも、やはりというのは？」

シスターとの話をエレンにも簡単に説明するリリアンヌ。

しかしエレンのまるで知っていたかのような反応に首を傾げる。

「いや、子供たちから少し話を聞いたので」

「……随分と仲良くなったみたいですね？」

遠くの方で未だにお菓子の分け合いをしている子供たちを見ながら、リリアンヌは皮肉気味に呟く。

エレンも苦笑いを浮かべるが、子供たちの嬉しそうな表情を見られたのであればリリアンヌとしても特に何も言うことはない。

「……まあそれは置いといて、どうやら数カ月前に領主が代わったらしいんです」

「領主が代わった？　代替わりとかではなく、ですか？」

しかし今度はエレンがリリアンヌの言葉に首を捻る。

そんなエレンの疑問にリリアンヌが答える。

「どうやら前の領主は独身だったらしく、養子もいなかったそうです。そのため色々な手配を省くために前に副領主を務めていた方がそのまま領主になったそうなんです」

「そして領主になった途端、その権威を振りかざしているということですか」

「……残念ながら」

その言葉に僅かだが軽蔑の色が含まれていることにリリアンヌは気が付いた。

普段温厚なエレンが初めて見せる明らかな不快感が、アニビアの貴族の一人に向けられていることがリリアンヌは同じ貴族としてというだけ以上に恥ずかしくて堪らなかった。

「リリアンヌさんはどうするつもりなんですか？」

「どうするつもり、とは？」

「貴族たちのそういう不正や横暴を監査するための巡礼なんですよね？　だったらてっきり摘発とかそういった類の対処をするものなのかと」

エレンの指摘は尤もだ。

状況的にもそうするのが一番だということは分かり切っている。

そしてエレンの言う通り、リリアンヌは何を隠そう、そのためにここにいるのだから。

「……証拠がないんです」

それでも尚、その一歩を踏み込めないわけはそれだ。

リリアンヌは歯痒さに苦虫を噛み潰したような表情を浮かべる。

状況証拠なら十分に揃っている。

しかし物的証拠が何もない。

教会への寄付金が少なくなったことや、重税についても、街の経営に必要だったと言われればそれまでなのだ。

それでもその証拠を摑みたいのであれば、それこそ領主の邸宅に忍び込み、証拠となるものを探さなければならない。

だがそれは当然危険を伴い、一歩間違えばこちらが悪者になってしまう可能性だって十分にある。

そんな状況で、リリアンヌに残された選択肢としては現在のミルタ街の状況を報告し、王都から正式な調査が入るのを待つだけだ。

「ただ、正式な調査隊を派遣してもらうのにもそれなりの時間を要します」

つまり少なくともそれまでの間、ミルタ街の人々は毎日怯えながら不自由な生活を送らなければいけないのだ。

当然、それにはこの教会も含まれている。

むしろ領主からの寄付金で成り立っている教会は、領主にとって邪魔な存在であることは間違いない。

何かあるとして、真っ先に標的となってしまうのは必至だろう。

きっと優しいエレンは、教会の子供たちが危険な目に遭うことを許さない。

「……そうですか」

そんなリリアンヌの嫌な予感を上塗りするように、エレンの無機質な声が響く。

まるで何を考えているのか分からないその冷たい声色に、リリアンヌは肩を震わせる。

ミルタ街のことも、教会のことも、自分は何も期待されていない。

その事実に、リリアンヌは唇を噛んだ。

「………」

リリアンヌは息苦しいとも思える空気に、冷や汗を流す。

エレンが今一体どんな表情を浮かべているのかを想像するだけで恐ろしい。

もし今回のことで、自分への興味や関心の一切が失われたら――。

きっとエレンは二度と、リリアンヌに歩み寄ることはないだろう。

その時のことを考えると、リリアンヌは胸が張り裂けそうな思いだった。

しかしリリアンヌにはやはり現状ではどうすることも出来ない。

それは残酷と思えるほどに現実的だった。

「……帰りましょうか」

今リリアンヌに出来ることと言えば、一刻も早く、この事実を国王に報告することだけだった。

◇　◇

「おい、リリアンヌと喧嘩でもしたのか？」

「……それは僕が？」

午前の授業も終わり昼休みが始まろうかという時に、エレンはラクスに呼び出され屋上まで連れてこられていた。

そこで言われたラクスの言葉にエレンは僅かな沈黙の後、首を傾げる。

それだけでラクスにしてみれば十分な確証だった。

「リリアンヌが聖女としての巡礼から帰って来て数日、やけにお前らの間の空気が重たい気がするんだが？」

「気のせいじゃないかな。少なくとも僕はリリアンヌさんに対して何も思ってないけど」

気のせい、という言葉にラクスは眉を顰める。

二人の様子がおかしいと感じているのは、何もラクスだけではない。

クラスの皆が同じように感じていることだ。

だがその空気のあまりの重さに誰も詳しいことを聞くことが出来ず、ラクスに頼った結果がこれである。

普段なら喜んで聞きに行きそうなククルも、今回は鳴りを潜めている。

「お前はそうかもしれんが、リリアンヌの方はそうは思っていなそうだぞ？」

そして何より、ここ数日間のリリアンヌの様子がおかしい。

その表情に陰りが見えるだけではない。

エレンの一挙一動に過敏と思えるほどに反応している。

二人の間で何かがあったというのは誰が見ても一目瞭然だった。

「もし仮にそうだったとしても、僕には関係のないことだよ」

「なっ……!?」

エレンの口から出たとは思えない冷たい言葉に、ラクスは驚く。

「話がそれだけなら僕は先に戻るね」

「あっ、おい！」

エレンは、ラクスの制止の声に耳を貸す様子もない。

屋上に一人残されたラクスはため息を零す。

「やっぱり王子様でも無理でしたか」

「――――ククル、いたのか」

「うわ、反応薄っ」

突然の登場にも全く驚く様子を見せないラクスに、ククルは不服そうに呟く。

しかしククルが神出鬼没なのは何も今回に限ったことではない。

ある程度の付き合いがあれば、これくらいのことは何でもない。

「それよりもそっちの方はどうだったんだ？」

「こっちもリリアンヌさんに聞いてみましたが、何も教えてくれませんでしたー」

「……そうか」

ククルの言葉にラクスは落胆を隠せない。

とはいえ初めからリリアンヌが何かを教えてくれるとも思っていなかったのだが。

「でも二人の間に何かあったこと自体は否定されませんでしたよ」

「だろうな」

そのことに関しては初めからラクスも疑っていない。

ラクスが気になっているのは、別のことだ。

「リリアンヌには悪いが、正直今はそんなことよりもエレンの方が気になる」

「友人たちの不仲をそんなこととは、ラクス様も性格が悪いですねー」

「………………」

ククルの皮肉に対して、ラクスは否定しない。

しかしそれはククルも同じことだ。

基本的に情報収集しか興味のないククルが、友人の不仲など気にするわけがない。

今回動いたのは、他でもないエレンのことを調べるためだ。

「聖女が護衛もつけずに巡礼を行う。そしてそれにエレンがついて行った」

「まあ、おかしいですよねー」

巡礼に危険が伴うことなど二人も重々承知している。

それが今回、一か所とはいえ護衛を一人もつけずにというのは明らかにおかしい。

そしてそのおかしさの中心にいるのが、エレンだ。

「リリアンヌはエレンに隠された実力なんてないと言っていたが、正直それも怪しいな」

「聖女様がそんな嘘を吐くなんてにわかに信じられませんが、それがエレンさんを思ってのことであるならば少しは説明もつきますからね」

ククルの言葉に頷く。

今回のことで二人の仲に亀裂のようなものが生じたのは間違いないとして、ラクスの中ではもう一つの確信が浮かび上がっていた。

「やっぱり、エレンには何かある」

020　決意

リリアンヌとエレンの間に会話がなくなってから数日、リリアンヌの調子はとても優れているとは言い難かった。

今日も学園が休みだというのに、部屋から一歩も出ていない。

「…………」

薄暗い部屋の中、リリアンヌはベッドの上で枕に顔を押し付ける。

一体どうしてこんなことになってしまったのか。

リリアンヌ自身、その原因は嫌というほどに分かっている。

今回の巡礼の結果、ミルタ街の治安の悪さなどについて領主が大きく関与しているだろうことが分かった。

しかし決定的な証拠がない以上、すぐに何かをすることも出来なかった。

その結果、リリアンヌは一刻も早くミルタ街の現状を国王に報告するためにミルタ街を後にしたのだが、エレンにはそれが許せなかったのかもしれない。

否、許せなかったというのは違うだろう。

きっとエレンはリリアンヌがミルタ街のことを解決してくれると期待していたのだ。

そして期待していたからこそ、失望した。

その結果がこれなのだろう。

エレンはリリアンヌのことを全く気にも留めなくなった。

きっと少し前までならリリアンヌが部屋に籠っていれば、エレンが心配して様子を見に来てくれたはずだ。

それが今では何もない、心配の声も、朝の挨拶さえも。

「……どうするのが正解だったんでしょうか」

今回の一件を客観的に見るのであれば、リリアンヌの行動は何も間違っていない。

それどころかテストの模範解答のような振る舞いだ。

あの状況で下手に動けば、リュドミラ家の家名に泥を塗る可能性だって十分にあった。

少なくともリリアンヌはあの場で出来る最善の手を尽くしていた。

リリアンヌは自信をもってそう言える。

「…………」

だがエレンのあの何の興味もないような視線を向けられるだけで、その自信が揺らいでしまう。

あの時の行動は本当に最善だったのか、と。

しかし、やはりいくら考えてもあの時の行動は最善だったと言わざるを得ない。

たとえそれがリリアンヌの求める答えでなくとも。

もし何かリリアンヌの行動に間違いがあったのならば、それを出来る限り修正すればいい。

だが既に完全なものに対して、一体どう手を尽くせというのか。

「…………」

考えても考えても、リリアンヌには何も浮かばなかった。

それどころか考えれば考えるほど、あの時の行動の正当性が明らかになって余計にどうすればいいか分からなくなる。

そもそもリリアンヌにはエレンの興味など、どうということはない。

自分の行動に間違いはなかったと、リリアンヌは胸を張ればいいのだ。

しかし事実とは裏腹に、リリアンヌの気持ちは沈んでいく。

それには間違いなくエレンが関わっていて、でもどうしてかは説明できない。

そんなもどかしさがリリアンヌの気持ちを徐々に蝕んでいた。

「…………何か、私にできることがあれば」

とはいえ、現段階でリリアンヌに出来ることといえばかなり限られてくる。

ミルタ街の現状は既に国王に報告した。

それだけでなく可能な限り、迅速な対応をとるようにとも無礼ながら進言した。

しかし王都からの調査隊の編制は思った以上に時間がかかっている。

というのも以前リリアンヌたちが森で遭遇したというワイバーンの報告を受けて、そちらの調査も行っているせいで、ミルタ街の方の調査が遅れているらしいのだ。

その件に関しても、冒険者たちの安全がかかっているため手を抜くなど許されない。

結局、リリアンヌに残された選択肢は待つことだけだった。

「……エレンさん」

自分の頭の中を支配する家族の名前を呟く。

もし、ずっとこのままだったら。

そう考えた時、リリアンヌは胸が張り裂けるような痛みを覚えた。

どうしたら元の関係に戻ることが出来るのだろう。

リリアンヌは暗闇の中で考え続ける。

――ミルタ街の一件が解決したら。

否、それではきっと変わらない。

リリアンヌに興味がなくなったような、あの視線をずっと向けてくるだけだ。

「……自分で、何とかするしか」

誰かに頼っているだけではだめだ。

それではきっと、何も変わらない。

もしかしたら既に手遅れなのかもしれない。

何かをしたところで、エレンのリリアンヌに対する感情は何も変わらないのかもしれない。

それでも決意せずにはいられなかった。

そしてリリアンヌはその日初めて、ベッドから身体を起こした。

◇　◇

「父上、〝聖女〟が巡礼から戻ったようですが」

ラクスは目の前で書類の山の処理に追われる国王に話しかけていた。

「うむ。やはりミルタ街での一件は新しい領主によるところが大きいらしい」

ラクスの言葉に国王は頷きながらも、その手を止めない。

「ではすぐに調査隊を派遣なさるのですか？」

「……実はそうもいかんのだ」

ラクスの言うことは尤もだ。

しかし国王は難しそうな表情を浮かべて、首を横に振る。

「実は王都の近くにワイバーンが出現したようでな」

「ワイバーン!?」

国王の言葉に、ラクスは驚愕を隠せない。

ワイバーンが危険な魔物であることは一般的にもよく知られている。

そんなワイバーンが近隣の森に出たとなれば、王都にも被害が出るかもしれない。

「す、すぐに討伐隊を編制する必要があるのでは!?」

「いや、その必要はない」

ラクスの心配を他所に、国王は首を振る。

「ワイバーンは既に討伐されている」

「なっ、一体誰に!?」

「……優秀な冒険者がいたらしい」

「……？」

何故だかそこだけ妙に抽象的な国王の言葉に、ラクスは首を傾げる。

ワイバーンを討伐したとあれば、その功績は計り知れない。

いくら冒険者といえど、その名声はラクスの耳に届いてもおかしくはないだろう。

だが実際はラクスはその功績者の名前はおろか、ワイバーンが現れたことも、そのワイバーンが倒されたことも知らなかった。

「倒されたとはいえ、その周辺にはまだ危険が隠れているかもしれん。そのための調査隊を準備しているせいで、ミルタ街の方は少々準備が遅れているのだ」

話は終わりだ、とばかりに再び書類に集中しだす国王。

しかしラクスはあまりにも不可解なことが多すぎる今の話に、目を細めていた。

ラクスが今回、国王の下にまでやって来たのは、エレンとリリアンヌの関係に亀裂が入っているということを伝えるためだった。

そのことで国王が動揺すれば、エレンがアニビア国にとっても重要な存在であるという証になるだろうと踏んでいたのだ。

しかし今はそれ以上に、ワイバーンの件の方が引っかかっていた。

ラクスには何故かそれがエレンと関係があるような気がしてならなかった。

だがここで直接「ワイバーンを倒したのはエレンですか」と聞いたところで、正直に答える国王ではない。

であればラクスがエレンのことを気にしていると気付かれるわけにはいかない。

リリアンヌには申し訳ないが、今はそのことは置いておこう。

ラクスはそう判断すると、軽く息を吐き「父上」と声をかける。

書類の処理に追われる国王は、ラクスの瞳の奥に見え隠れする本当の狙いに気付かない。

そしてラクスは核心にふれる言葉を口にした。

「ワイバーンはどこに現れたんですか？」

「やはりワイバーンが現れたのはあの森だったか」

国王の書斎から出たラクスは廊下を歩きながら、独り言のように呟く。

ラクスの予想通り、ワイバーンが現れたというのは以前エレンたちと一緒に依頼を受けた森だった。

あの日、ラクスとククルは依頼には参加できなかった。

しかしエレンとリリアンヌは違う。

既に依頼を受けた後だったこともあり、二人で依頼を遂行したと聞いた。

だがあの時受けた依頼は、森の調査。

少しだけ森に入って魔物を討伐すれば終わりの依頼ではなく、森の中を隈なく歩き回る必要がある。

そんな二人が最近現れたというワイバーンに遭遇する可能性は決して低くはない。

そして示し合わせたように討伐されたワイバーン。

「……ワイバーンを討伐するなんて、リリアンヌには無理だ」

光属性を上級魔法まで極めるリリアンヌの実力は確かに相当なものだ。

しかしそれでもワイバーンを倒すには至らない。

それは属性の中でも屈指の攻撃力を誇る火属性の上級魔法を使えるラクスがワイバーンを倒すことができないという事実が証明してくれる。

「……エレン、か」

もし本当に二人でワイバーンを倒したとなれば、恐らくリリアンヌは防御役に徹していたはず。

となればエレンは攻撃役ということになる。

エレンは中級魔法までしか使えないと言っていたが、あれは恐らく嘘だ。

「もしかして、基本属性四つの上級魔法が完璧に使える……とかか？」

それならば、リリアンヌと共にワイバーンを討伐することも可能だろう。

だがラクスの考えはあまりにも馬鹿馬鹿しい。

アニビア国が抱える宮廷魔導士でも、複数属性の上級魔法を使える者は少ない。

しかしエレンがそんな実力者であると考えれば、留学の際に公爵家の世話になるという非現実的な話も頷ける。

「まあ何にせよ、あの二人に仲直りして貰わないとエレンにも近寄りがたい、か……」

ラクスは最近の二人の様子を思い浮かべて、大きなため息を零した。

021　平民と貴族

「エレン君、休日なのに呼び出したりして申し訳ないね」

「いえ、全然大丈夫ですよ」

休日を家で過ごしていたエレンはジョセから珍しく呼び出しを受け、書斎にやって来た。

エレンが部屋に入って来るのを見たジョセは、書類から顔をあげる。

「エレン君に来てもらったのは他でもない。リリアンヌのことだ」

「……リリアンヌさん、ですか？」

てっきり、リリアンヌに同行してアニビアを見て回った感想でも聞かれるものとばかり思っていたエレンは僅かに眉を顰める。

「どうにもリリアンヌの調子が良くないみたいでな」

「……あぁ、そういえば朝食の時もいませんでしたね」

思い出したように呟くエレンに、ジョセは息を吐く。

エレンの反応を見るに、やはりリリアンヌの様子を見に行ったりはしていないらしい。

少なくとも以前までのエレンであれば、リリアンヌが不調の時には心配していたはずだ。

それが今ではまるでリリアンヌに興味がないように思える。

それも全て、リリアンヌたちが巡礼から帰ってきてからだ。

「単刀直入に聞くが、リリアンヌと何かあったのかね？」

「……いえ、特には何も」

エレンはそう言うが、即答ではないということは何か思うところがあるのだろう。

それが直接的であろうとなかろうと、エレンはそういう人間だとジョセはここ数週間で感じていた。

とはいえ、それを指摘してエレンが素直に話すとも、自ら何かを話してくれるとも思えない。

しかし、そんなジョセの予想を裏切るようにエレンが口を開く。

「ただ――」

「リリアンヌさんなら、聖女様なら、ミルタ街を救ってくれるんじゃないかと思っていたのも確かです」

相変わらずの淡々とした口調で静かに告げるエレンに、ジョセは面食らう。

だがこれで今回の件も納得できた。

つまりエレンはリリアンヌのことを期待外れだと思っているということなのだろう。

しかし、その評価は間違っていると言わざるを得ない。

「エレン君」

ジョセは強い口調でその名を呼ぶ。

初めて向けられたジョセの強い口調にエレンは一瞬びくっとしながらも、その口調に含まれているのが怒りではないことをすぐに察する。

「今回の件、悪いのはリリアンヌじゃない」

言うなれば、その口調に含まれるのは謝罪の意だ。

「リリアンヌの判断は、リュドミラ家の者としての自覚に縛られたものだったのだろう。それならば今回のことで責められるべきなのはリュドミラ家当主の私だ」

すまなかった、と頭を下げるジョセに、エレンが初めて動揺を見せる。

大貴族の当主が平民に頭を下げるなどあってはならないことだ。

しかしジョセはそれ以上に、自分のせいでリリアンヌとエレンの関係が悪くなることの方が耐えがたかった。

「意地の悪い言い方になってしまうが、リリアンヌには貴族として守らなければいけないものが、君が考えている以上にあるんだ。どうか分かってほしい」

それは嘘偽りない心からの言葉だ。

もしリリアンヌがリュドミラ家の一員でなければ。

もしリリアンヌが聖女でなければ。

もしかしたらリリアンヌはミルタ街のために、行動を起こしていたかもしれない。

「……僕は」

エレンの言葉が途切れる。

その瞳には僅かに意思の揺らぎが見える。

ジョセの言う通り、エレンはこれまで自分の物差しでしか物事を判断していなかった。

しかし平民である自分と、大貴族であるリリアンヌとでは判断の基準が違うのは当然だ。

それなのに勝手な期待を押し付けるだけ押し付けて、その期待に応えてくれなかったという理由で失望していた。

「……僕は」

エレンは呆然とするように呟く。

しかしジョセはそんなエレンに首を横に振る。

「私は別にエレン君を責めているわけではない。突然、違う世界に連れてこられたんだ。すぐにこちらの世界を理解しろなど無理な話だ」

もしこれが逆に、貴族が平民として暮らすようになっても一カ月足らずで平民の考え方を理解することなど不可能だろう。

郷に入っては郷に従え、という言葉もあるが、それは存外難しいものなのだ。

「ただもしエレン君が貴族としての考え方を優先したリリアンヌに何か思うところがあるのだとす

れば、どうか許してやってはくれないだろうか」

ジョセは頭を下げたままエレンに頼む。

エレンは相変わらず、呆然としたように佇むだけだ。

「……リリアンヌさんの行動が何も間違っていないことは、きっと最初から分かっていたんです」

エレンの言葉に、ジョセがゆっくり顔をあげる。

「でも教会の子供たちや、ミルタ街の皆を見捨ててしまうのが嫌で、そんな自分を認めてしまうのが嫌で、リリアンヌさんの行動を無意識の内に否定していたんだと思います」

気付けばエレンはその拳を強く握りしめている。

そしてその拳は僅かだが震えている。

「……しょうがないって諦めるのが、嫌だったんです。でもそれはリリアンヌさんに八つ当たりしていい理由にはならなくて。そんなに諦めるのが嫌なら、自分で何かすれば良かったのに、僕がしたことといえば教会の子供たちの相手をしてあげるくらいで」

今回の一件は、仕方ないと諦めざるを得なかった。

その中でせめて少しでも早く調査隊を派遣できるように努めたリリアンヌの行動は、褒められこそすれ、責められるいわれはない。

「責められるべきは、僕だったんです」

勝手に期待して、勝手に失望した。

それがエレンの責められるべきいわれだ。

「……謝らないといけないですね」

長い沈黙の末、エレンは呟く。

リリアンヌが許してくれるかどうかは別として、自分の過ちを謝らなければエレンの気が済まない。

「できればまた皆で談笑したいものだね」

「善処します」

ジョセの言葉にエレンは苦笑いを浮かべる。

「――――ジョセ様！」

そんな時、部屋の外から足音が響いてきたかと思うと、勢いよく扉が開かれる。

部屋に入って来たのは数いる使用人の内の一人だった。

「ど、どうしたんだ急に」

ただごとではない様子に、ジョセも立ち上がる。

使用人は乱れた息を何とか整えると、額に汗を滲ませながら告げた。

「リリアンヌお嬢様が、いなくなられました」

022　消失

「な、なんだって!?」

使用人の言葉に、ジョセもさすがに平静を保てない。

普段とはかけ離れた声の大きさが、事の重大さを物語っている。

「屋敷の中を全て捜したのか？」

「そ、それはもちろん！　ですが厩舎から馬が一頭いなくなっていて……」

「なっ!?」

二つのことが同時に起こったということは、つまりはリリアンヌが馬を使ってどこかへ行ってしまったということなのだろう。

歩きならばそう遠くへは行けないだろうが、馬ともなれば話は別だ。

休憩を挟まなければいけないとはいえ、それでもその行動範囲は歩きとは比較にならない。

「リ、リリアンヌがいつからいないのか分かる者は!?」

「お嬢様は今日一日ずっと部屋に籠っていると思っていたので……」

「……くそっ！」

思わずジョセの口から悪態が零れる。

リリアンヌは朝食の時から既に姿を見せていなかった。

さすがにそんなに早い段階から屋敷にいなかったというのは考え辛いが、それでも可能性としては少なからずある。

もしかなり早い段階でリリアンヌが馬で屋敷を飛び出していたとしたら、その移動距離はかなりのものになるだろう。

今からリリアンヌを捜すとして、その捜索範囲を考えるだけで頭が痛い。

これまでリリアンヌが黙って馬を連れ出して、どこかへ行くなんてことはなかった。

だからこそ今回の初めての事態に、ジョセは慌てずにはいられない。

一体リリアンヌがどこへ行ったのか、予想しようにも予想できないでいる。

そしてそれは使用人も同じだ。

屋敷の中でのリリアンヌのことならまだしも、リリアンヌが外で何をしているかなど一介の使用人が知る由もない。

「…………ミルタ街」

そんな中で、エレンだけが小さく呟いた。

「リリアンヌさん、もしかしてミルタ街に行ったんじゃないんでしょうか」

エレンは躊躇いがちに言う。

だが少なくともエレンにはこのタイミングでリリアンヌがどこかへ行く、というならそれくらいしか選択肢が思い浮かばなかった。

ジョセがエレンの方を振り返る。

その表情には戸惑いや困惑といったような色が見える。

「ミ、ミルタ街……？　あの子がどうして……」

ジョセはそう言うが、恐らくジョセも分かっていないわけではない。

何故ならリリアンヌがミルタ街へ向かう理由など一つしかないのだから。

だがジョセの頭の中では、その可能性を認めたくないという気持ちの方が勝っているのだろう。

しかしここで現実逃避をしていても、何も始まらない。

「リリアンヌさんは、ミルタ街の治安問題を解決しようとしているんだと思います。恐らくお一人で」

「なっ……」

ジョセが驚くのも無理はない。

今エレンが言ったことは、それだけ非現実的なことなのだ。

しかし今のところそれしか可能性が見当たらないのも事実。

それはエレンとリリアンヌの関係が悪化しているのを感じていたジョセも十分に理解している。

だからこそエレンの言葉を否定できない。

聡明なリリアンヌがそんな無謀なことをするわけがない。

本心ではそう笑って吐き捨てたいところだ。

だがここ数日でリリアンヌの様子がおかしいことは分かっていたし、正常な判断ができなくなっていても何の不思議もない。

「す、すぐにミルタ街に騎士を何人か――」

「――それでは遅すぎます」

エレンがジョセの言葉を遮る。

「僕が行きます。リリアンヌさんを連れ戻してみせます」

そう言うエレンの瞳には強い意志が込められている。

そもそも今回の事態を招いたのは他でもない、エレン自身だ。

だからこそエレンは自分で何とかしなければ気が済まなかった。

「今からすぐに追いかければ、ミルタ街に着く前には追い付けるかもしれません」

エレンの言葉に、しばしの逡巡を見せるジョセだったが今はそれしかないと思ったのか諦めたように頷く。

「……分かった。エレン君に任せよう」

ただし、と付け足す。

「万が一の時のために、すぐ兵を出せるようにはしておこう」

「……兵なんて大丈夫なんですか？」

もしリリアンヌがミルタ街までたどり着き、何か行動を起こせば、リリアンヌの身に危険が及ぶかもしれない。

とはいえそのために兵をミルタ街へ向ければ、今度はリュドミラ家の責任問題になることはエレンでも分かった。

「一人娘のためだ。構わないさ」

しかしジョセは何でもないという風に笑みを浮かべる。

その言葉にどれだけの思いが含まれているのか、エレンには分からない。

それでもそんなジョセの思いを無駄にしないようにするためにも、今は少しでも時間が惜しい。

エレンは部屋を飛び出すように駆け出した。

◇　◇

「……突然すみません」

「せ、聖女様!?」

教会に誰かがやって来たかと思えば、シスターはその誰かに驚きの声をあげる。

そこに立っていたのは先日、王都へ帰ったはずの聖女リリアンヌだったのだ。

「い、一体どうしたんですか⁉」

リリアンヌの表情には疲労の色が浮かんでおり、ただごととは思えない。

しかし心配するシスターを他所に、リリアンヌは首を振る。

「領主様に、お会いしたいんですが」

「り、領主様ですか……？」

リリアンヌの言葉にシスターが聞き返す。

「そ、それは王都から本格的な調査が入るということですか？」

以前、リリアンヌは巡礼の名目でミルタ街へやって来た。

その結果については既に報告を済ませてくれたはずだ。

であれば王都から調査隊が派遣されるのも時間の問題だろうとシスターは予想していた。

しかしシスターの予想に反し、リリアンヌは首を振る。

「調査隊はまだ来ません。今回やって来たのも、私だけです」

「せ、聖女様お一人でいらっしゃったんですか？」

リリアンヌの言葉にシスターは動揺を隠せない。

リリアンヌは聖女であり、大貴族の一人娘だと聞いている。

そんなリリアンヌが護衛も付けずにこんなところまでやって来るのは明らかにおかしい。

エレンを連れていた前回でさえ同じようなことを密かに思っていたのに、今回はエレンさえも連れていない。

更にリリアンヌのこの疲労ぶりから察するに、今回の行動は独断なのではないだろうかとシスターは推測する。

「……と、とりあえずお休みください。話はそれからにしましょう」

とはいえ、疲れた様子のリリアンヌを問いただすのも気が引ける。

リリアンヌもさすがに疲れていたのか、シスターの提案に頷いた。

023　領主

「それじゃあ聖女様はミルタ街の治安を何とかしようと、お一人でやって来てくださったのですか？」

「えっと、はい……」

以前と同じ部屋で話す二人。

シスターはこれまでの話を纏めるように、リリアンヌに確認する。

若干、リリアンヌの視線が下がっているのはその行動の無謀さを理解してのことだろう。

これまで何度も巡礼を通して聖女であるリリアンヌと話してきたシスターも今回のリリアンヌの行動には、さすがに賛同しかねていた。

いくらリリアンヌが大貴族の一人娘で、聖女だとしても、出来ることと出来ないことがある。

とはいえ恐らくリリアンヌもミルタ街にやって来るのに相当無理をしたのだろう。

聞けばたった一日で王都からミルタ街までやって来たと言うから驚きだ。

そんなリリアンヌに対して、何かを言うのはさすがのシスターも気が引けた。

「…………？」

二人の間を沈黙が支配するなか、ふと部屋の外から何やら大きな声が聞こえてくる。

その声と共に足音がだんだんと近づいてきたかと思うと、部屋の扉が勢いよく開かれた。

「り、領主様……」

部屋に入って来た男に、シスターが呟く。

リリアンヌは初めて見るが、どうやらこの男がミルタ街の新しい領主らしい。

「何やら聖女様がいらっしゃってるという噂を耳にしたのですが、どうやら本当だったようですね」

下卑た笑みを浮かべ、リリアンヌの身体を舐めまわすように見つめてくる領主に、リリアンヌも思わず肩の力が入る。

しかしさすがに情報が早い。

リリアンヌがミルタ街に到着してからまだ数時間しか経っていないというのに、一体どこで情報を仕入れたのだろうか。

もしかしたらミルタ街のあちこちに自分の部下を忍び込ませているのかもしれない。

「しかしおかしいですね。巡礼は先日終わったと思っていたのですが、こんな短期間に二度目の巡礼ですか？」

皮肉たっぷりの言葉に、リリアンヌは顔を伏せる。

「……今回は巡礼とは関係ありません。ミルタ街には個人的な理由でやって来ました」

「ほう、個人的な理由とな？」

領主の言葉にシスターが慌てて間に入ろうとするが、そんなシスターをリリアンヌが制する。

顔を上げたリリアンヌは一つ息を吐くと、真っすぐ領主を見つめる。

「ミルタ街の治安が悪くなったのは新しい領主によるところが大きいということを聞きました。それに教会への寄付金も減らしたとか」

「はて、どうでしたかね」

白々しく嘯《うそぶ》く領主に、リリアンヌは拳を握る。

しかしここで事を荒立てるわけにはいかない。

事を進めるにしても出来るだけ穏便に、が大事だ。

「既にそのことは王都に報告させていただきました。王都から正式な調査隊が派遣されるのも時間の問題でしょう。ですから今回私がやって来たのは、あなたに領主の在り方を改めるよう説得するためです」

言いたいことを言いきったリリアンヌは、息を整える。

これであとは領主の反応を見るだけ。

出来るなら、心を入れ替えてくれれば何も言うことはない。

「おー、それは怖いですね。ただ調査隊が来る前に、色々と大事な書類が盗まれたりしないかが心配です」

「なっ……!?」

領主の言葉に、リリアンヌは開いた口が塞がらない。

言外に不正の証拠を処分しようと言う領主を、思わず強く睨みつける。

この男は、一体どこまで下種なのだろうか。

リリアンヌの端整な顔には怒りの色が浮かんでおり、その視線は真っ直ぐと領主の顔を射抜いている。

しかし領主はそんなリリアンヌに全く臆した様子もなく、相変わらず下卑た笑みを浮かべている。

「……あなた、自分が何をしようとしているか分かっているんですか?」

「さぁ、何のことでしょうな」

もし領主が調査を免れるために意図的に証拠を隠滅したとなれば、処刑は免れない。

最悪、家を取り潰される可能性だってあるだろう。

領主もそのことが分からないはずはない。

貴族にとって、自分の代で家が潰れてしまうというのは何よりも不名誉なことだ。

少なくともリリアンヌはそう思っているし、だからこそリュドミラ家の名に恥じないようにこれまで行動してきたつもりだ。

しかしこの領主はそれさえもどうでもいいと思っているらしい。

これではリリアンヌも手の打ちようがない。

そもそも相手に罪悪感というものがないのだ。

「あ、そういえばシスターにも伝えることがあったんでした。街の財政難で教会への寄付金を減らさないといけなくなったので、よろしくお願いします」

「なっ!? ただでさえ少ないのにこれ以上少なくすると言うんですか!?」

「まぁ仕方ないですよねぇ……」

領主の言葉に、これまで黙っていたシスターが初めて声を荒らげる。

教会の経営は主に領主からの寄付金によって成り立っている。

しかし領主が新しくなってからというもの寄付金は減らされ、教会の経営は相当大変なものになっていた。

その上、これ以上寄付金を減らされてしまえば、それこそ教会の子供たちが飢えてしまう。

残念そうな口調とは裏腹に笑みを浮かべる領主。

しかしここでシスターが手を出せば、領主はそれを口実にまた寄付金を減らすだろう。

それだけは何としてでも避けなければならないが、それでも目の前の領主に対する怒りに、シスターは拳を震わせる。

「それはあんまりではないでしょうか?」

しかしリリアンヌは、そんな領主の悪行を看過するわけにはいかなかった。

「もしそのようなことをしようとするならば、リュドミラ家の娘があなたのことを全力で潰します」

リリアンヌの鋭い視線に迷いは見えない。

それにはさすがの領主も一歩後退り、その額には冷や汗が流れる。

しかしすぐに表情を取り繕うと、冷や汗をハンカチで拭く。

「……で、でしたらこれから聖女様を私の家に招待するので、そこで寄付金について話し合いませんか？」

「なっ!?　い、いけません、聖女様！」

領主の言葉に、シスターは会話に割り込んでくる。

一体何を言い出すかと思えば、そんな明らかな罠に自ら引っかかりに行くようなことをリリアンヌにさせるわけにはいかない。

「話し合い次第では、寄付金の増額も考えるのですが」

しかし領主はそんなシスターを気にした様子もなく、ただリリアンヌに語りかける。

リリアンヌも領主の言葉が罠である可能性が高いことは理解している。

しかしもしかしたら出来るだけ穏便に、教会の寄付金を増やすことが出来るかもしれない。

それはきっとエレンがリリアンヌに期待していたことなのだろう。

もしこれで教会の問題だけでも解決出来たら、また以前のような関係に戻ることが出来るかもしれない。

「……分かりました、行きます」

「聖女様!?」

そう考えると、リリアンヌは領主についていくことを決めた。

シスターが驚愕の表情でリリアンヌを振り返って来るが気にしない。

「それでは気が変わらない内に行きましょうか」

そう言って笑みを浮かべながら部屋を出て行く領主。

何とかリリアンヌを止めようとしてくるシスターに、リリアンヌは苦笑いを浮かべながら「ごめんなさい」と言い残すと、そのまま部屋を出た。

024　エレン=ウィズ

領主の屋敷までやって来たリリアンヌは案内されるがままに連れてこられた部屋で、領主と向かい合って話し合いを進めていた。

「教会の子供たちの生活は、寄付金の少なさゆえに日々過酷なものになっています。今はまだシスターの尽力があるお陰で何とかやりくりしていますが、それもいつまで持つかは分からない状況です」

リリアンヌは教会への寄付金を増やしてもらうために、色々と説得を試みる。

「教会への寄付金は主に街の税金から賄われているはずですよね？　それならその税金を上げた今、教会への寄付金を維持するならまだしも、減額するというのは街の人たちも納得しないのではないですか？」

リリアンヌの言葉は尤もだ。

しかし領主はとぼけたように首を傾げるだけで、明確な答えを寄越さない。

「そう言われましても、こちらにはこちらの事情がありますしねぇ」

「っ……」

領主の言葉に、リリアンヌが思わずたじろぐ。

リリアンヌが何を言ったところで、結局そう言われてしまえばリリアンヌにはそれ以上何も言えない。

何しろ領主の言っていることが嘘であることを示す証拠が何もないのだ。

「ただ、私としても教会に対する寄付金のことは心苦しいんですよ」

「……？」

これはどうしたものかとリリアンヌが顔を伏せていると、領主が思わぬことを言ってくる。

領主は何かを悩むような仕草を繰り返したかと思うと、ため息を吐く。

「しかし聖女様ともあろうお方にそこまで言われれば、折れぬわけにはいきませんな」

「えっ、それじゃあ」

「はい。教会の寄付金を少しですが増やそうと思います」

まさかの展開にリリアンヌは目を丸くする。

しかしそんなリリアンヌを他所に、領主は使用人に用意させた紅茶に手を付ける。

「…………」

そんな領主に違和感を持たずにはいられないリリアンヌ。

しかしそれはただの勘違いで、もしかしたら領主は根は良い人なのかもしれない。

「聖女様も遠慮なさらずに、ぜひ」

「あ、ありがとうございます」

そう感じたリリアンヌは領主の差し出した紅茶のカップを受け取る。

領主に勧められるがままに紅茶を一口飲むが、甘くて飲みやすい。

それがまたリリアンヌの警戒を解いた。

「さすがに寄付金を増やすと言ってもそんなに多くは厳しいですが、多少は私からも便宜を図りましょう」

「はい、お願いします」

寄付金が今よりも多くなってくれるのであれば、たとえ少しだとしても十分にありがたい。

シスターなら多少足りなかったとしても、何とかやりくり出来るだけの手腕があるだろう。

「…………」

とはいえこれでリリアンヌのとりあえずの目的は達成することが出来た。

エレンもこれなら今回の功績を認めてくれるだろうか。

もしそうだったら、どれだけ良いことか。

リリアンヌはその時のことを想像して、思わず頬を緩めた。

「っ……」

しかし、それはリリアンヌの油断だった。

リリアンヌがそのことに気付いた時は既に遅く、全身の力が抜けた後だった。

リリアンヌの手の中にあったカップが床に落ちて割れる。

中身がぶちまけられ、辺りには破片が飛び散る。

「ふう、やっと効いたか」

「あ、なた、まさか……」

「申し訳ないが少々、麻痺薬を忍ばせてもらったよ」

「っ……！」

どうしてもっと気を付けなかったのか。

ここは仮にも敵の本拠地だというのに。

領主が一瞬だけ見せた人の好さに、完全に油断してしまっていた。

リリアンヌは自分の未熟さを呪わずにはいられない。

「解毒効果を持つ回復魔法がないことは、事前に調べさせてもらってるよ」

「……っ」

悔しいが領主の言う通りだ。

光属性の回復魔法は怪我や傷などに対しては有用だが、毒に対しては効き目がない。

その中でも麻痺に関しては、少なくとも上級魔法には無い。

最上級魔法には身体の不調を全快させる魔法があると噂で聞くが、最上級魔法を使えないリリア

ンヌには関係のない話だ。

「こんなことをして、ただで済むと思っているんですか？」

唯一動かすことが出来る視線で、領主を見つめる。

向かいのソファーから立ち上がりこちらを見下ろしてくる領主の顔には思わず鳥肌の立つような下卑た笑みが浮かんでいる。

「まあそうなれば私の命もないでしょうね」

公爵家の一人娘を手にかけたとあれば、それこそどうなるか分からない。

それは領主も理解している。

「ただ、その前に口封じをすればどうですか？」

「……っ、それでも私が領主の家へやって来たことは何人も知っています。ここで何かあれば真っ先に疑われるのはあなたですよ」

リリアンヌが領主の屋敷にやって来ていることを知っているのはシスターだけではない。

教会からの道中で、結構な数の人たちとすれ違っている。

それだけ証人がいる状況なら、領主も自分に手を出すことはできないだろう。

冷静にそう判断したリリアンヌが強い視線を領主に向けるが、領主の笑みは相変わらず崩れない。

「――――では、こういうのはどうだろう？」

領主が笑みを浮かべながらそう言った瞬間、窓が割れる音が部屋に響く。

驚いたリリアンヌは視線をそちらへ向けると、そこには数人の見知らぬ男たちが領主と同じ下卑た笑みを浮かべながらこちらを見下ろしてきているところだった。

「聖女様がウチへやって来ている時にタイミング悪く盗賊たちが襲ってくる、というのは」

領主の余裕の秘密が、こんなところにあったとは。

リリアンヌは絶望的な状況に顔を歪める。

「そうだ。この際ついでにまずい書類も全部盗んでいってもらおうか」

「なっ……!?」

領主のあまりのクズっぷりに、リリアンヌは開いた口が塞がらない。

「旦那ぁ、始末しろって話でしたけど、これだけの上物をすぐに殺しちまうのは勿体ないっすよ。ちゃんと最後は始末するんで、それまで遊んでいいっすか？」

「ちゃんと仕事してくれるのであれば別に構わん。どうせ私の手は汚れないんだからな」

「むしろ汚れる前に汚れてないっすか？　まあ、お言葉には甘えさせてもらうっすけどね」

「……っ」

盗賊たちの視線が一斉にリリアンヌへ注がれる。

その視線に含まれる厭らしさを感じたリリアンヌは動けないことを忘れて、何とか後退ろうと試みる。

しかし麻痺毒が相変わらず身体に残っている状況では、リリアンヌにはどうすることもできない。

光魔法を使おうとしても、そもそも麻痺毒のせいか上手く魔法を唱えることが出来ないのだ。

そしてそれ以上に、冷静な判断力を、恐怖が上書きしていくのをリリアンヌ自身感じていた。

「…………」

もはやリリアンヌには、徐々に近づいてくる男たちの足音を聞いていることしか出来なかった。

もう目を開ける勇気すらない。

男たちの表情を見たら、最後の砦さえも崩れ去りそうな気がした。

どうして、こんなことになってしまったのだろうか。

無限にも思える暗闇の中で、リリアンヌは思う。

それは間違いなく自分の浅はかさのせいだ。

そもそもたった一人で出来るはずがなかったのだ。

何とか出来るのではないかと、自分を過信していた。

否、そうではない。

きっとたった一人の信用を取り戻すために、無理をしてしまったのだ。

だが彼を責めることは出来ない。

なぜならリリアンヌは自分の意思でここへやって来たのだ。

その責任を、誰かに背負わせるつもりはない。

もしここで自分が死んでしまったら、彼はどう思うだろうか。

責任を感じてしまうだろうか。

「………………ふふ」

絶望的な状況にも拘わらず、思わず笑ってしまう。

何せこんな事態になってまで、未だに彼から興味を抱かれていると期待しているのだから。

彼が自分の死なんかに、いちいち振り回されるはずがない。

もう自分は、彼の意識の外にいるのだから。

「……雪が、見たかったなぁ」

だからこそリリアンヌが最期に願ったのは、いつかエレンが真っ白で幻想的だと言っていた、そして彼をして「大好き」とまで言わしめたその雪を一度は見てみたかったという儚い夢だった。

「――――なら見ましょうよ、雪」

そんなリリアンヌの最期の祈りに、答える声があった。

それは決して聞こえるはずのない、しかし今のリリアンヌなら絶対に聞き間違えるはずのない声だった。

「……なんで、ここに」

リリアンヌの胸に熱いものがこみあげてくる。

それが何なのか、きっと一言では言い表せない。

それでもその声を聞いた時、これまで必死に堪えていた涙が溢れてくるのを止めるものはなくなってしまった。

「────帰りますよ、僕たちの家に」

そう言って手を差し伸べてきたのは、いつもの儚げな表情の中に確かな優しさを含む彼────エレン＝ウィズ、その人だった。

025　静かな怒り

「はぁ……っ、はぁ……」

エレンは飛び出したリリアンヌを追って、ミルタ街までやって来ていた。

正確にはリリアンヌがどこに行ったのかは分かっていない。

しかしエレンにはリリアンヌならここにいるという確信があった。

「……っ、シスター！」

ミルタ街にやって来て、真っ先に向かったのは教会だった。

幸いシスターが教会の外にいたので、すぐに声をかける。

「あ、あなたは確か聖女様の……」

「はい、実はここにリリアンヌさんが来ていないかと思って来てみたんですが……」

だがエレンの言葉にシスターが顔を伏せる。

「……ごめんなさい。さっきまでならリリアンヌさんもここにいたんだけど」

「っ、どこに行ったんですか？」

シスターの様子だとどうやらここにはいないが、やはりミルタ街には来ていたらしい。

それが分かっただけでも僥倖だ。

だが、シスターの様子がどうにもおかしい。

「……実は、さっき領主様がいらして」

「まさか……」

「……はい」

エレンの言葉に、シスターが申し訳なさそうに頷く。

恐らく先ほどまでの様子は、リリアンヌを引き留めることが出来なかったことへの罪悪感の表れだろう。

リリアンヌの行動がどれだけ危険で、どれだけ無謀なことなのか。

貴族社会に疎いエレンでもよく分かる。

「私がもっとちゃんと止めていれば……」

シスターの言葉に、エレンが首を振る。

「シスターのせいじゃありません」

事の発端は誰なのか。

エレンはそれを嫌というほどに分かっていた。

ミルタ街に来るまでに、何度も何度も考えたことだ。

だからこそ自分が今何をするべきなのか、しなければいけないのか。

「……領主の家の場所を教えてください」

「なっ!?　まさかあなたも行くつもりなのですか!?」

エレンの言葉にシスターは声をあげずにはいられない。

しかし当の本人は全く顔色を変えることなく、シスターの言葉に頷く。

だがそれがどれだけ危険で無謀なことなのか考えれば、そんなことをさせるわけにはいかない。

聖女様を止められなかったのにましてやもう一人など、とシスターがエレンの前に立ちふさがる。

「シスター、僕はリリアンヌさんを連れて帰るって約束したんです。だから、教えてください」

「………………」

本当なら、ここで是が非でも止めるべきなのだろう。

しかしエレンの意思は既に揺らぎそうにないことを、シスターは察してしまった。

「……商店街を抜けた先に、一軒の大きな邸宅があります。そこが領主の家です」

長い逡巡の末、シスターは絞り出したような小さな声で呟く。

それはまさに苦渋の選択と言わざるを得なかった。

「ありがとうございます」

「っ……」

そのお礼さえも、今はシスターの罪悪感を蝕む。

顔を伏せるシスターの耳に聞こえてくるのは、どんどん遠くなっていく足音と、教会の中の子供たちの声だけだ。

シスターにはただ二人が無事で戻って来ることを祈ることしか出来なかった。

◇　◇

「……あれか」

エレンの視線の先には、一軒の大きな邸宅があった。

恐らくあれがシスターの言っていた領主の家だろうと、エレンは駆け寄る。

「あれ、やけに人が少ないな」

領主の家というから門番くらいはいるだろうというエレンの予想とは裏腹に、敷地内に入っても使用人の影は見えない。

この敷地の大きさから考えても、全く使用人を雇っていないとは考えにくい。

だとすれば考えられるのは、意図的に使用人を遠くへやっているということだろうか。

「っ……！」

エレンがそう考えた時、近くで窓の割れる音が聞こえてくる。

間違いない、この屋敷のどこかの窓が割れた──。

すぐにそう察したエレンは、音の聞こえた方へ駆ける。

予想が正しければ、まず間違いなくそこにリリアンヌがいるはずだと信じて。

「……あった」

幸いにして、窓が割れたところはすぐに見つけることが出来た。

しかし窓の破片が外に散らばっていないところを見ると、誰かが外から窓を割って入ったらしい。

そんな割れた窓に、エレンは躊躇いなく近づいていく。

そして窓から中を見て、その動きが止まった。

リリアンヌの周りを数人の男たちが囲んでいる。

そしてその後ろで少し離れて事の成り行きを見ているのが、恐らく領主なのだろうが、今はそんなことどうでもいい。

リリアンヌは何か罠に嵌められたのか、抵抗する様子は見受けられない。

しかし徐々に近づいていく男たちに対して、リリアンヌの身体が震えているのだけは分かった。

エレンが動くのには、それで十分だった。

「…………」

エレンは音も出さずに、皆の中心へと歩いていく。

リリアンヌたちを囲む男たちも、少し離れているはずの領主でさえ、エレンがいることに気付かない。

エレン自身、男たちには目もくれない。

ただリリアンヌだけを思って、ゆっくり近づいていく。

そして気付けば、手を伸ばせば届きそうな距離までやって来ていた。

だからだろう。

リリアンヌの微かな祈りが、エレンの耳に届いてきた。

「――――なら見ましょうよ、雪」

そこで初めて、エレンはリリアンヌに声をかけた。

出来るだけ安心させてあげられるような優しい声色に努めて。

突然のエレンの登場に困惑を隠せないらしいリリアンヌが「なんで、ここに」と聞いてくる。

その震える声に一体どんな思いが込められているのか、エレンには分からない。

それよりも、今はただリリアンヌを連れて帰ろうと手を伸ばした。

「――――帰りますよ、僕たちの家に」

エレンの言葉に、張り詰めていた緊張の糸が切れたのか、リリアンヌはその意識を手放す。

倒れこみそうになるリリアンヌを、エレンはそっと支える。

「…………」

相当、無理をしていたのだろう。

今のリリアンヌを見れば、それが嫌というほどに分かる。

しかしリリアンヌがそんな風になるまで追い詰めたのは、他の誰でもない自分自身だ。

「……僕が怒るなんて、珍しいこともあるもんだ」

誰に言うでもなく、ぽつりと呟く。

その怒りの矛先が誰なのか、もはや言うまでもない。

「勘違いするなよ、僕はお前たちに興味なんてない」

エレンが初めて、男たちに対して言葉を向ける。

どこからともなく現れたエレンの不気味さに、思わず皆が後退ろうと試みる。

しかしまるで足が張り付いてしまったかのように動かない。

そんな彼らに、エレンはゆっくり近づく。

「お前たちは僕の家族に手を出した、ただそれだけだ」

気付けば、エレンの周りを真っ黒な瘴気が覆っていた。

そこでようやく彼らは気付いた。

「慈悲なんてあると思うな」

自分たちが誰に手を出してしまったのかを――。

026　お伽噺

「んぅ……ここは……」

リリアンヌが目を覚ました時、すぐ近くにエレンの顔があった。

だが未だに頭がよく働かないリリアンヌは数秒そのままぼうっとエレンの顔を見つめる。

「……っ!?　エ、エレンさん!?」

しかしさすがに何かがおかしいと気付いたのか、リリアンヌは現状の把握を試みる。

そしてすぐにどうやら自分がエレンに抱えられているらしいということが分かった。

片手は膝の裏、もう片方の手は腰。

いわゆるお姫様抱っこというやつだった。

「リリアンヌさん起きましたか。あ、無理しちゃだめですよ」

「うっ……」

慌ててエレンの腕の中から降りようとするが、うまく身体が動かない。

もしかしたら麻痺毒がまだ完全に抜けきっていないのかもしれない。

エレンに窘められたリリアンヌは、大人しく抱えられている。

「…………」

しかしそんなリリアンヌの胸中は罪悪感で一杯だった。

今回の一件、自分が無謀なことをしたせいで、エレンに迷惑をかけてしまった。

ただでさえ良い関係とは言い難いのに、今回のことで愛想を尽かされていたとしても文句は言えない。

もし既にエレンから愛想を尽かされていたとしても、せめて何か言わなければリリアンヌの気が済まない。

「すみません」

だが、リリアンヌが謝るよりも先にエレンがその言葉を口にした。

更にその顔は申し訳なさそうに伏せられている。

「僕のせいで無理をさせてしまったみたいで……」

エレンの言い分に、リリアンヌは初め何を言われているのか分からなかった。

しかしエレンの表情を見て、自分が何を言われたのか理解したリリアンヌは、一層どういうことか分からなくなった。

「な、なんでエレンさんが謝るんですか。今回のことは私の独断なんですから、エレンさんが謝る必要なんて……」

「でもリリアンヌさんがそんなことをしたのは、僕の態度が原因だったんですよね」

「そ、それは……」

エレンの言うことはあながち間違いではない。

事実、エレンの態度がいつも通りであったならリリアンヌはこんな無茶をしなかっただろう。

「リリアンヌさんが背負っているものを見ないふりをしていたのは僕ですから、やっぱり僕が悪いですよ」

「で、でも……っ」

それでもリリアンヌは自分の行動の責任をエレンに押し付ける気もなければ、エレンに責任を感じてほしいわけでもなかった。

しかしエレンを納得させられるような理由がどうしても思いつかない。

リリアンヌが何を言ったところで、エレンはすぐに否定してしまうだろう。

だが、だからと言って「はいそうですか」と簡単に納得できるはずがない。

リリアンヌは何か言わなければという思いに駆られ、表情を歪ませる。

「……じゃあ、お互い半分ずつっていうのはどうですか？」

「え……」

そんなリリアンヌの表情を見て、エレンが呟く。

「二人とも自分が悪いと思っているんですから、それなら今回のことはどっちも悪かったということとで半分こしましょう」

リリアンヌとしては今回の責任の半分でもエレンに背負わせたくはない。

それでも普段なら絶対に譲らなそうなエレンがこうして歩み寄って来てくれたということは、これが彼なりの妥協案なのだろう。

その思いを無駄にしたくはなかった。

「わ、分かりました。じゃあ私も、ごめんなさい」

リリアンヌが頷くと、エレンもほんの少しだけ嬉しそうに頬を緩ませる。

「あ、でもジョセさんにはこっぴどく叱られそうですね」

「うっ……」

そういえばと呟くエレンに、リリアンヌは嫌なことを思い出したとばかりに顔を顰める。

ジョセにどれだけの心配をかけたか考えれば、それも妥当なのだが、やはり叱られるのは出来れば遠慮したいところだ。

だがさすがに何のお咎めもなしということはあり得ないので、やはり何かしらの罰はあるだろう。

そう思うと、これから帰ることが途端に憂鬱になってくる。

「頑張ってください、僕も一緒に怒られてあげますから」

「ほ、ほんとですか?」

さっきまでは自分に全ての責任があると思っていたリリアンヌだったが、その提案は正直かなり魅力的だ。

さっきまでのリリアンヌとの変わりように、エレンが思わず苦笑いを浮かべる。

そんなエレンに、リリアンヌも釣られて微笑む。

「……エレンさんとまたこんな風に話せるなんて、夢みたいです」

リリアンヌがその瞳を僅かに潤ませながら、静かに呟く。

その呟きを聞いたエレンがまた苦笑いを浮かべる。

「そんな大袈裟な」

「大袈裟じゃないです。私、本当にもうエレンさんとまともに話せないんじゃないかって思ってたんですから」

少なくともリリアンヌはそう思っていた。

そう思っていたからこその、今回の行動だった。

しかも結局リリアンヌ一人では何も出来なくて、更には油断して麻痺毒まで飲まされてしまった。

自分でも本当に馬鹿だったと思う。

エレンに愛想を尽かされても仕方がないとさえ思っていた。

それなのにエレンは優しく、それどころか以前のエレンに戻っている。

もう二度と話せないと思っていた彼と笑って話せているこの状況が、リリアンヌには堪らなく嬉しかった。

たとえそれが自らの過ちの先にあったとしても、喜ばずにはいられなかった。

「夢なら――――《雪でも見てみたいですね》」

「え……」

エレンの小さな呟きに僅かに魔力が込められているような気がしたリリアンヌは思わず空を見上げる。

「これって……」

「――雪、ですね」

リリアンヌの疑問に答えるように、エレンが言う。

リリアンヌにとって初めて見る雪が、空から降って来る。

冬でさえ降らないアニビアの夏に。

リリアンヌの掌に雪の欠片がいくつか付着する。

すぐに体温で溶けてしまうが、掌に残った水滴がこの光景が嘘でないことを証明してくれているような気がした。

「ほら、リリアンヌさんの髪みたいで綺麗でしょう？」

「っ……そうですね」

空を見上げながらのエレンの言葉に、リリアンヌは静かに頷いた。

リリアンヌはこれまで、自分の白髪に対して苦手意識のようなものしか抱いていなかった。

家族の誰とも色が異なり、見ようによってはまるで病人のようにも見える。

いくら周りに綺麗だと言われても、リリアンヌはずっと自分の中で否定し続けてきた。

でもエレンは、そんな自分の髪がこんな幻想的な光景と同じようだと言ってくれる。

たったそれだけでリリアンヌはこれまでずっと抱いてきた自分の髪への忌避感がすべてなくなっていくような気がした。

それはまるで掌の雪が溶けて消えていくように。

「本当に、綺麗です」

エレンの腕の中で、リリアンヌは静かに呟く。

そんなリリアンヌにエレンは微笑む。

「これくらいであまり驚きすぎたらだめですよ。僕の国じゃ、視界が全部雪で埋まるくらいにたくさん積もるんですから」

エレンの言葉に苦笑いを浮かべる。

その光景は一体どれほどに幻想的なのだろう。

そしてそれはどれほどまでに、真っ白なのだろう。

「いつかそれも、私に見せてくださいね？」

「って、この光景も僕のおかげで見られたわけじゃないんですけど……まぁはい。楽しみにしていてください」

「ふふ、楽しみにしています」

エレンの苦笑いに、リリアンヌが微笑む。

この土地に雪が降るなんて、それこそ自然にはありえない。

でも今は、そういうことにしておこう。

「そろそろ身体も動くようになってきましたか？」

「……まだです」

リリアンヌはエレンの服をぎゅっと摑む。

今はまだ、そういうことにしておきたかった。

あともう少しだけ、このお伽噺を楽しむために。

◇　◇

「ほら、エレンさん。早くしないと置いて行っちゃいますよー」

「ま、待ってくださいよ……」

ミルタ街での一件が終わってから初めての休日、エレンはリリアンヌに商店街へと駆り出されていた。

「何もこんな早い時間帯からじゃなくても……」

「何を言ってるんですか！　ようやく色々な事情聴取から解放されたんですから、羽を伸ばさないと！」

珍しく弱気なエレンにリリアンヌが頬を膨らませる。

とはいえ今日は一日ゆっくりしようと思っていた矢先、半ば強引に外へ連れ出されたエレンからすると気乗りしないのは仕方ないだろう。

それでもリリアンヌのお願いを冷たくあしらわなかったのは、満面の笑みを浮かべるリリアンヌの顔に影を差したくなかったからだ。

「それにお父様もエレンさんと一緒なら心配しないで済むって言ってましたし」

「なんか妙な信頼を寄せられている気が……」

ミルタ街へ単身向かったエレンが無事にリリアンヌを連れて帰った影響で、ジョセのエレンに対する評価はかなり高くなった。

そもそもジョセからしてみれば最上級魔法を使えるエレンがリリアンヌの傍にいてくれるのであれば、どんなに腕の立つ護衛よりも安心できるのは当然と言うべきだろう。

それにミルタ街から戻ってきた二人の間に妙な隔たりはなく、リリアンヌも以前のような笑顔を見せるようになっていた。

ただジョセから見てリリアンヌのエレンに対する距離感が僅かに近くなったような気がするのは、果たして気のせいだろうか。

「何日もお父様からのお説教が続いていて辟易していたんですよ。エレンさんがいなかったら、もっと長い間怒られていたでしょうね」

二人の予想通り、ミルタ街から戻ったリリアンヌを待っていたのは数日間にも及ぶジョセからのお叱りだった。

エレンから「僕にも責任がありますし、リリアンヌさんばかりを叱るのはそれくらいにしてあげてください」という口添えがなければ恐らく今もなお、リリアンヌはジョセからの説教を受けていたことだろう。

「仕方ないですよ。リリアンヌさんが屋敷からいなくなった時、ジョセさんも凄く心配してましたからね」

すぐ傍にいたエレンはその時のジョセの様子を思い出し、思わず苦笑いを浮かべる。

普段はいつも落ち着いているはずのジョセの取り乱しようと言ったらなく、恐らく滅多に見られるものではないだろう。

しかしリリアンヌはそんなことよりも前に、エレンの発言の方が気になっていた。

「お父様〝も〟、ですか……？」

「？　はい。ジョセさんも心配してましたけど、それがどうしたんですか？」

「そ、それってエレンさんも私のことを心配してくれた、ってことですか……？」

リリアンヌの思惑が分からず首を傾げるエレン。

そんなエレンに、どこか恥ずかしげに顔を俯かせながら尋ねる。

「そりゃあ僕も心配したに決まってるじゃないですか。リリアンヌさんも変なことを言うんですね」

「っ……！」

確かにエレンの言うことは尤もで、急に屋敷からいなくなれば誰だって心配くらいするだろう。

そのはずなのに、どうしてかリリアンヌはそんなエレンの一言で胸が満たされるような感覚を覚えた。

そのせいか、いつもの苦笑いを浮かべるエレンの顔をまともに見ることが出来ない。

「き、今日は何をしましょうか！」

頬が熱くなってくるのを感じたリリアンヌは慌てて話題を逸らす。

しかしエレンはそんなリリアンヌの言葉に驚いたような表情を浮かべている。

「え、えぇ……。リリアンヌさんがこんなところまで連れてきたのに、何も考えていないんですか……？」

「べ、別にいいじゃないですかっ」

尤もな意見に、リリアンヌは恥ずかしさで顔を逸らす。

「それに私、エレンさんと違って商店街とかあまり来ないですし、エレンさんの方がここのことは詳しいでしょう?」

「まだこっちに来て一カ月程度の人間よりも詳しくないことを、そんな堂々と誇られても……」

「そ、それは言わないでくださいっ」

むぅ、と頬を膨らませるリリアンヌにエレンは軽く謝る。

しかしリリアンヌにそう言われては、案内しないわけにはいかない。

どちらにせよこのまま突っ立っているわけにはいかないのだ。

「あ、リリアンヌさんって屋台のものを食べたりしたことってありますか?」

「いえ、あまりそういう経験はないですけど……」

そんな中でふとエレンの視界に入ったのは、エレンも何度かお世話になったことのある串焼き屋だった。

案の定リリアンヌは経験したことがないらしい。

とはいえ貴族のお嬢様に屋台の串焼きを立ち食いさせるというのも問題になるかもしれないと思ったエレンは、すぐ近くにあったクレープの屋台に近づく。

エレンが注文するのを不思議そうに窺うリリアンヌに、エレンは早速受け取ったクレープを一つ渡す。

「これは?」

「クレープっていうんですけど、やっぱり食べたことはなかったみたいですね」

「クレープ、ですか？」

「はい。歩きながらでも食べられるようになっているんです。甘くて美味しいのでリリアンヌさんも気に入ると思いますよ」

「へぇ……」

エレンに勧められるがままに一口頬張るリリアンヌの表情が、見る見るうちに輝いていく。

どうやらお気に召したらしい。

その後もリリアンヌは無言でクレープを頬張っていき、あっという間に自分の分を完食してしまった。

あまりのリリアンヌの食べっぷりに思わず驚かされるエレン。

しかしそんなエレンを他所に、自分の分を食べ終わったリリアンヌが次に目を付けたのはエレンの分のクレープだった。

「あー……、さっきのとはまた違う味なんですけど、食べますか？」

「い、良いんですか!?」

良いんですかも何も、そんな期待の眼差しを向けられて無視できるほどエレンの精神は図太くない。

エレンは苦笑いを浮かべつつ、リリアンヌに自分のクレープを差し出す。

クレープを受け取った途端、あっという間に頬張っていくリリアンヌ。

しかしクレープを頬張るリリアンヌの満足そうな表情を見れば、エレンに後悔などなかった。

「は、恥ずかしいです……」

クレープを食べ終わり、我に返ったらしいリリアンヌは羞恥に悶えている。

初めての体験だったとはいえ、あんなに勢いよく食べてしまうなんて。

しかもエレンの分のクレープまで食べてしまうなんて、普段のリリアンヌからはとてもじゃないが考えられない。

「そんなことないですよ、普段とは違ったリリアンヌさんも可愛かったです」

「う、うぅ……！」

恥ずかしさのあまり、リリアンヌはその場に蹲《うずくま》ってしまいそうになるのを必死に耐える。

「エレンさんがあんなに美味しいものを勧めたりするからです……！」

「ええっ⁉　僕のせいなんですか⁉」

憎らし気に見つめてくるリリアンヌにエレンは驚きの声をあげる。

しかし顔を真っ赤に染めるリリアンヌを見れば、相当に恥ずかしかったのだろうことが容易に窺える。

「じゃあお詫びと言っては何ですが、リリアンヌさんに何かプレゼントを買いましょうか」

どちらにせよエレンは先日の分も兼ねて、リリアンヌに何かを渡そうと考えていた。

サプライズ感はなくなってしまうが、リリアンヌと一緒に選べば贈り物の選択を誤るということもなくなるので悪くない判断だろう。

「えっ、わ、悪いですよ」

「遠慮しないでください。どちらにせよ、そんなに高いものは買えませんから」

エレンの言葉に、そんなつもりは全くなかったリリアンヌは慌てて首を振る。

しかしエレンはそんなリリアンヌの手を握ると、目的の店へと歩き出した。

◇　◇

「あら、やけにご機嫌ね」

「お、お母様っ!?」

公爵家当主の妻であるレオナが朝食後にリビングへ行ってみると、明らかにいつもより雰囲気が明るいリリアンヌがソファーに座っていた。

これは何かあると女の勘で察したレオナは早速、娘弄りのためにリリアンヌの向かいに座る。

突然声をかけられたことに動揺した様子を見せるリリアンヌ。

誤魔化そうにも、レオナがこんなに近くにやって来るまで気付かなかった時点で普段とは違っていることはもはや言い逃れできない。

「そういえば昨日はエレン君とデートしたんだったかしら？」

「デ、デート!?　い、一緒に商店街を見てまわっただけです！」

「それをデートって言うんじゃないの？」

「────っ!?」

レオナの言葉に、リリアンヌはその端整な顔を真っ赤に染める。

そんな娘《リリアンヌ》の反応に、レオナは思わず頬を緩める。

少し前までは、リリアンヌは自分の感情を表に出すということがあまりなかった。

それが、エレンがリュドミラ家へやって来てからというもの、感情を表に出すことが多くなり表情も豊かになった。

今の林檎のようなリリアンヌの頬も、間違いなくエレンがもたらしたものなのだろう。

「それで昨日は楽しめたの？」

そんなリリアンヌの嬉しい変化にレオナはその顔を綻ばせながら聞く。

リリアンヌは相変わらず頬を赤く染めながらも、静かに頷く。

しかしそんな娘をもう少し弄ってみたくなるのが母親の性というやつである。

「とてもじゃないけど今のあなた、ただ楽しかっただけという風には見えないのだけど？」

「うっ……！」

図星だったのか、リリアンヌはどこか気まずそうな表情を浮かべると顔を逸らす。

「あ、あなたたちまさかもう一線を越えたの……!?」

「なっ!?　そんなわけないでしょう!?」

とんでもないことを言ってのけるレオナに、リリアンヌはこれまでにないくらいに顔を真っ赤に染め、声を荒らげる。

だがすぐにレオナのにやけた表情を見て、自分がからかわれていたことに気付く。

「っ……!」

今度こそ何を言われても反応してやらないという決意のもとで顔を逸らすリリアンヌだったが、しかしそこでレオナはふと普段のリリアンヌとは違う部分を見つける。

「あなた、その髪飾りはどうしたの？」

「……っ」

その瞬間、リリアンヌの身体が見て分かるほどびくっと跳ねる。

「こ、これはその、エレンさんから頂いて……」

「へぇ?」

「な、なにか問題でもあるんですか!?」

レオナのにやついた表情に、リリアンヌは声を大きくする。

「いいえ?　貰い物なら大事にしないとね」

「そ、そんなの当たり前です！」

そう言ってリリアンヌは、これ以上は口を利かないと顔を背ける。

どうやら今回はここまでらしい。

しかしレオナはリリアンヌの髪飾りから視線が逸らせない。

今、レオナが考えていることはリリアンヌ自身が一番よく分かっていることだろう。

だからこそのさっきの動揺ぶりだったと考えれば納得もいく。

リリアンヌにとって自分の白髪《はくはつ》がどういうものなのか。

直接聞いたわけではないにしろ、これまでずっと生活を共にしてきたレオナが気付かないわけがなかった。

レオナとジョセがお互いに茶色の当たり障りのない髪色をしているというのに、リリアンヌだけがどういうわけか真っ白な髪色をしている。

恐らくそれがリリアンヌにとって大きなコンプレックスになっていたのは間違いない。

とはいえ、誰かから白髪に対する罵りを受けたりしたわけではない。

むしろリリアンヌの光魔法の才能とその白髪を共に称える声の方が多いだろう。

少なくともレオナが知る限りではあるものの、おおむね間違ってはいないはずだ。

だがリリアンヌはその賛辞を何一つとして受け入れようとはしなかった。

どれだけの男がリリアンヌに言い寄り、賛辞の言葉を並べたか分からない。

しかしその言葉は一切届かず、むしろリリアンヌにとって髪色のことを思い出させる嫌な言葉の一つだった可能性さえ感じられる。

それでもリリアンヌは公爵家の娘という立場上、場の雰囲気を壊すようなことをする性格ではない。

だからこそレオナもこれまで、リリアンヌ自身の気持ちを直接聞いたことはなかった。

だがリリアンヌの気持ちが顕著に表れていたものがある。

それが髪飾りである。

レオナは以前、リリアンヌの白髪に対する気持ちをどうにか変えられないかと、白髪に映えそうな髪飾りをリリアンヌに贈ったことがある。

リリアンヌは笑みを浮かべながらそれを受け取ったものの、レオナは未だその髪飾りをつけたリリアンヌの姿を見たことがない。

リリアンヌの部屋に出入りすることがあるメイドにそれとなく聞いてみたところ、髪飾りは窓際にいつも綺麗に飾られてあるということだったので大事にされていないというわけではないだろう。

そもそもリリアンヌが人からの贈り物を大事にしないはずがない。

それでもリリアンヌが頑なに髪飾りをつけないのは、自分の白髪をどうしても受け入れることが出来なかったからなのだろう。

そんなリリアンヌが今、髪飾りをつけている。

エレンから貰ったという可愛らしい柄の髪飾りを。

「似合ってるわよ」

「……エレンさんが選んでくれたので」

思わずといった風に呟いたレオナの言葉に、リリアンヌが返してくれる。

てっきりもう話す気はないと思っていたレオナは僅かに驚いてしまうが、恥ずかしそうにしつつもどこか嬉しそうな表情を浮かべて髪飾りを手でなぞるリリアンヌの姿に、思わず目を細める。

きっとリリアンヌの中で、何かが変わったのだろう。

これまで誰が何を言っても決して変わることがなかったリリアンヌの心が、エレンによって変えられたのだ。

しかもエレンの前だけの変化でないことは、レオナに対する反応だけでも十分に見て取れる。

「一体どんな魔法を使ったのかしら」

小さく呟いたレオナの視線の先では、雪の結晶を象った髪飾りが陽の光に反射して煌いていた。

027　報告書

エレンたちが無事にリュドミラ家へ帰ってきてから数日後、ジョセは内密に国王からの招集を受けていた。

今、部屋にはジョセと国王の二人しかいない。

それだけでジョセは今回の呼び出しが何に関することなのかをすぐに察した。

ともあれ、まず初めにこれを読んでくれという国王の言葉に従い数枚の書類を受け取る。

大方こんなことだろうと予想を立てていたジョセだったが、そこに書かれていたことはジョセの予想を遥かに凌駕するものだった。

「こ、この情報は確かなのですか？」

「私も直接見たわけではないので確かなことは言えないが、派遣した調査隊によるとそこに書かれてある通りらしい」

「……そ、そうですか」

ジョセはもう一度、手元の書類に目を落とす。

そこには記した者の焦りが窺える文字で、こう書かれていた。

『ミルタ街を治める領主邸、消滅す』

この一文だけでは、一体どういうことなのか全く分からない。

しかし後に続く報告を読めば、次第にだがその全貌が明らかになる。

数日前、街に突然の轟音が響き渡った。

天変地異かとも畏れた街の住人たちだったが、その轟音は一回きりで収まってしまった。

だが轟音の出どころと思われる領主邸へ向かった時、そこには既に領主邸はなかったと言う。

というのも、領主邸があったはずの敷地が地面ごと抉れるようにして、大きなクレーターを作っていたらしい。

そのクレーターを作り出すためには一体どれほどの力を以てすれば可能なのか見当もつかない、という報告者の言葉にはジョセも全く同感だ。

「お前のとこの娘がミルタ街へ行ったのも、確かそのあたりだったな」

「……そうですね」

国王の言わんとすることが何なのか、ジョセが分からないわけがない。

あの日、リリアンヌが独断でミルタ街へ向かったということは既に国王に報告している。

そしてそれを追いかけるようにエレンがミルタ街に向かったことも同じように報告している。

つまり国王は言外に、今回の一件にエレンが関わっているのではないかと言っているのだ。

しかしジョセは国王の言葉に難しい表情を浮かべる。

「……どうやらあの日、我が娘のリリアンヌは単身で問題の領主邸に向かったらしいのですが、麻痺毒を盛られ、襲われそうになったそうです」

「なっ!?　それは本当なのか!?」

「はい、本人から直接聞きました」

ジョセの言葉に国王は目を見開く。

それだけ事の重大さを物語っている。

リリアンヌは仮にも公爵家の娘だ。

しかも稀少な光魔法の使い手で、その実力は「聖女」と称されるほどで諸外国からの注目も絶えない。

特に魔法使いの育成を主とする魔法大国などからは、幾度となくスカウトのために使者が送られてきているくらいだ。

そんなリリアンヌにたかが一介の領主でしかない貴族が無理やりに手を出したなど、どんな罰が与えられたところで文句は言えない。

しかしそれ以上に、そのようなことがあったにも拘わらずジョセが激高を見せていないのがおかしい。

そこで国王は一つのことに気付く。

「襲われそうになった、ということは実際には襲われなかったということか？」

国王の気付きに、ジョセは頷く。

「間一髪のところでエレン君が間に合ったようです」

それは良かった、と国王は胸を撫でおろす。

もし自分の娘に手を出されたとなれば、目の前の男が何をしでかしてしまうか分かったものじゃない。

だがその話を聞いて、国王はやはり自分の予想が正しかったのだろうと呟く。

「では問題の領主邸のことはエレン君がやった、ということで間違いはないということか」

しかし国王の言葉にジョセは微妙な表情を浮かべたまま頷こうとしない。

「いや、それが実はリリアンヌはエレン君が現れた段階で意識を失ってしまったみたいで、それからのことは何も覚えていないらしいのです」

「そ、そうだったのか」

ジョセもその日のことはリリアンヌ本人に詳しく聞いた。

しかしやはり覚えているのはエレンが現れた時までで、次の記憶はエレンの腕の中で目を覚ました時からのものということだった。

エレンの腕の中で目を覚ました、ということについても一人娘の父としては大いに気になるところではあるが今はそのことに構っている余裕はない。

エレン本人に確かめるという手もあったのだが、自身の力をきちんと理解していないエレンを刺激するのは得策ではない。

その結果、情報としてはあまりに不確かなものばかりが揃ってしまったというわけである。

「ただやはり状況的に考えてみても、エレン君が何かをしたということは恐らく間違いないかと思います。リリアンヌも同じ考えのようでした」

「ふむ……」

ジョセの言葉に国王が難しそうな表情を浮かべながらも頷く。

やはりジョセも根本的な考え自体は国王と同じで、今回の一件にエレンが大きく関わっていると思っているらしい。

しかし、と国王は静かに呟く。

「問題なのは、エレン君がどうやって今回の一件を引き起こしたか、ということだ」

国王が今回のことで一番懸念しているのはそれだ。

以前、エレンが火属性の最上級魔法でワイバーンを倒したという話は聞いた。

一人の学生が最上級魔法を使えるというのは確かに凄いことだ。

しかし国王という立場上、これまでにも最上級魔法を目にする機会は少なからずあった。

その中には当然、火属性の最上級魔法も含まれている。

「私が見た火属性の最上級魔法は、それこそ土地を一つ消滅させるようなことは出来なかったはずなんだ」

初めて火属性の最上級魔法を見た時の感動は今でも忘れられない。

さすが各属性の中でも最強の攻撃力を誇るといわれる火属性だけあって、その威力は尋常ではなかった。

確かにあれならワイバーンを屠ることは可能だろう。

しかし仮にも領主邸というそれなりの敷地を、一回の魔法のみで消滅させるというのはさすがに度が過ぎているのではないだろうか。

もちろん火属性の最上級魔法が一つだけではないことも理解している。

以前見た魔法が、実は火属性の最上級魔法の中では威力が低い方だったという可能性だってあるだろう。

だがたとえそうだったとしても、エレンがそれだけ威力の高い火属性の最上級魔法を使うことが出来るということになる。

そんなのもはや学生の域をとうに超えている。

「エレン君は、一体どんな力を秘めているというんだ」

しかも質が悪いのは、本人がそれを自覚していないということだろう。

国王は今更ながらに、留学生としてエレンを引き入れたことは果たして正解だったのか疑問を持ち始めた。

だがエレンの人柄の良さなどについては、国王の耳にも入っている。

今回の一件でさえも、リリアンヌの危機に駆け付けたということだけで言えば、誰よりも優しさに溢れているとも思える。

そしてジョセもそのことは十分に理解しているのだろう。

だからこそ得体が知れないと言っても過言では無いエレンのことを、相当に信頼しているように見える。

それがリリアンヌを助けてもらったことに対する彼なりのお礼なのだろう。

「とりあえずは、これからまたしばらくエレン君のことをよろしく頼む」

「もちろんです」

だからこそジョセは国王の言葉に一瞬の間もなく頷いた。

「……そういえば」

ジョセが部屋を出ようとした時、国王が思い出したようにジョセを呼び止める。

「近い内にまた一人、アニビアに留学生が来ることになった」

「……今回は普通の留学生なんでしょうか？」

「まあ、最上級魔法が使えたりはしないだろう」

エレンのことを思い出したジョセが恐る恐る尋ねるが、国王の言葉にホッと胸を撫でおろす。

そんなジョセに「ただし……」と呟く国王。

「ヴァンボッセからの留学生だ」

「……ヴァンボッセ、ですか」

途端に顔を顰めるジョセ。

恐らくその国の名前を知らない者はいないだろう。

ヴァンボッセ――――魔法分野において他の国の追随を許さない、魔法大国だ。

書き下ろし「新米冒険者エレン」

その日、冒険者ギルドに見慣れない顔の少年が現れた。

その少年のことについて分かることと言えば、その身に纏う制服から国立学園の生徒だということくらいだろう。

とはいえ、このギルドに学園の生徒が来るのは何も珍しいことではない。

ただ、ことこの少年に限って言えば少なからずギルド内の冒険者たちから視線を集めていた。

思わず目を惹かれる黒髪に、生気を感じられない瞳、そして感情を読み取ることができない無表情。

何というか、どことなく非現実感あふれる少年だった。

「あれは確か、この前商店街をリュドミラ家の一人娘と歩いていた……」

「何!? あいつ、俺の聖女様をどうするつもりだ！」

「いや、お前のじゃないけどな」

一人の冒険者の言葉を皮切りに、その少年――エレンへと視線が一層集まる。

しかし本人は至って気にした様子もなく、ギルドの中を進んでいく。

それだけの胆力があるのか、それとも単に鈍いだけなのか。

冒険者たちにとってもエレンにとっても、そんなことは今のところどうでも良かった。

この冒険者ギルドに初めてやって来たエレンがまず初めにしなければいけないことは既に決まっている。

それは冒険者登録だ。

何をするにしても、まず冒険者登録をしなければギルドで依頼を受注することも出来ない。

これに関しては、他国のギルドで冒険者登録をしていた者も例外ではない。

ギルドは端的に言ってしまえば国が運営する機関である。

実際に運営を任されているのは民間人とはいえ、国の要請さえあればどんな協力も惜しまない。

つまり何が言いたいかというと「他国でいくら冒険者活動をしていたとしても、ここアニビア国で冒険者として活動したいのであればアニビア国の冒険者として登録しなおしましょう」ということなのである。

もちろん新しく登録しなおしたからといってそれまでの冒険者としての活躍が全て消えるわけではなく、またその国に戻りさえすれば以前と同じように、その国の冒険者としての記録がきちんと残っているので心配する必要はない。

因みに冒険者ギルドで発行されるギルドカードは身分証明書としての役割も果たしたりするのだ

が、それはあくまでも冒険者として生計を立てている者たちのためのものであり、エレンのような学園の生徒には関係のない話だ。

「あの、すみません」

「は、はいっ!? あぁっ!?」

そんなエレンはカウンターで事務作業をこなしていた受付嬢――ミィナに声をかける。

しかし突然の声に驚いたのか、机の上に重ねて置かれていた書類の山を見事に崩してしまう。

しかも慌てて何とかしようとした挙句、更に頭を強くぶつけてしまう姿からはミィナの日々の生活における苦労が容易に窺える。

加えて他の受付嬢に比べて事務作業の手際が劣っていた点から見ても、もしかしたら彼女は新人の受付嬢なのかもしれない、とエレンは一人で予想していた。

「驚かせてしまったようですみません。書類が……」

「いえ気にしないでください！ いつものことですから！ そ、それで本日のご用件は？」

やっぱりいつものことなのか、とエレンが内心で納得しているとミィナが姿勢を正して営業スマイルを浮かべる。

改めて見れば、やはりギルドの顔と言っても過言ではない受付嬢に選ばれるだけあって外見はかなり整っている方だろう。

綺麗に切りそろえられた茶髪に、くりっとした目は何とも庇護欲を掻き立てられる。

容姿だけに関して言えば、他の受付嬢たちと比べても遜色がない。

ただ、他の受付嬢たちの容姿が「綺麗」というベクトルに向いているのであれば、ミィナは「可愛い」と表現するのが正しいだろうか。

まあ年相応と言えばそうなのかもしれないが、そこ辺りは今後に期待というところだ。

「今日は冒険者登録をしに来たんですけど」

「冒険者登録ですね。過去に他国のいずれかのギルドで冒険者登録の経験はありますか？」

「はい。ヘカリム国で」

エレンの言葉に、ミィナは少なからず驚いた。

普通に考えて、国立学園の生徒が他国で冒険者活動をしているとは想像しにくい。

何か事情があるのだろうか、と首を捻っていると何かを察したのかエレンがごく僅かに表情を緩める。

「実は最近、ヘカリムから留学生として送られてきまして。一応卒業まではこっちでお世話になる予定なのでとりあえず冒険者登録くらいはしておこうかな、と」

「なるほど、そういうことだったんですね。こちらこそお客様の事情も知らずに失礼しました」

「いえいえ、これからお世話になる方ですし気にしないでください。それに何より別に隠すようなことでもないので」

その物腰の柔らかさに、普段から気性の荒い冒険者たちばかり相手にしているミィナは思わず目を細める。

確かに冒険者の中には気立てが良い者もいるし、エレンと同じような学園の生徒もやって来る。

全員が全員、気性が荒いわけではない。

しかしエレンの場合はそういう人たちとはまた違った雰囲気を感じるのだ。

とはいえ今は業務中。

そういった雰囲気に浸っている暇はない。

「それでは以前のギルドカードはお持ちでしょうか？　もしお持ちでしたら個人情報を引き継ぐことが出来るので登録もすぐ済みますが」

「あ、持ってます。……えっと、はい。お願いします」

「……？」

そう言ってエレンが差し出してきたのは、真っ黒なギルドカード。

思わずいつも通り受け取ってしまったが、ミィナはその短い受付嬢歴の中でこんなギルドカードは見たことがなかった。

誰か先輩の受付嬢に聞くか、それも考えたがミィナは首を振った。

これまでにも何度もお世話になっているというのに、初歩中の初歩とも呼べる冒険者登録でさえ自分で出来ないなんて思われるわけにはいかない。

「そ、それでは個人情報の引継ぎを行いますね」

とりあえず自分に出来ることだけでもやらなくては。

もし個人情報の引継ぎに失敗したら、その時は先輩に助けを求めればいい。

ミィナはごくりと唾を飲んで、専用の魔法具に読み取らせる。

そしてその数秒後……。

「エレン＝ウィズさんですね」

どうにか引継ぎに成功することが出来た。

やはり一度は自分で試してみて良かったと安心しながら、出来たてほやほやの新しいギルドカードと預かっていた真っ黒なギルドカードを両方手渡す。

「既にギルド登録の経験があるということでしたが、今回は詳しいギルドランクの説明などは省略しても大丈夫でしょうか？」

「ヘカリム国との違い、とかはないんですよね？」

「はい。その点についてはご安心してくださって大丈夫だと思われます。ギルド内の詳しい規則などについては一部他国とは異なる場合がございますが……」

今、説明した方がよろしいでしょうか？　と視線で尋ねられ、エレンは僅かな逡巡の末に首を振った。

「今日のところは冒険者登録だけして帰ろうと思っていたので、詳しい説明はまた後日ということでお願いしてもいいでしょうか？　実はこの後も予定がありまして……」

「そういうことでしたらギルドとしては全然構いませんよ。それに規則と言っても特に難しいことはないはずですので、次にいらっしゃった時にでも気軽にお聞きください」

「そうさせてもらいます。ではまた後日、改めて」

そう言って僅かに会釈したあと、エレンがカウンターを離れようとした時――。

「あ、あの、エレンさん！」

ふとミィナがどこか緊張したような声色で呼びかける。

当然、振り返ったエレンと目が合う。

「そ、その……」

しかしミィナはどういうわけか視線を彷徨わせるだけで用件を言わない。

さすがのエレンも不思議に思って首を傾げそうになったのだが。

「……お、お気をつけてお帰りください」

蚊の鳴くような声で呟くミィナに「ありがとうございます」と僅かに微笑むと、そのままギルドを後にした。


「それじゃあ薬草採取に行ってきますね」

「はい！　お気をつけて！」

その日は、つい先日に冒険者登録を済ませたばかりのエレンが二度目にやって来た日だった。

そしてそのエレンはちょうど今、アニビア国で冒険者活動をするにあたっての細かい規約などを聞き終え、手始めに「薬草採取」の依頼を受けたところである。

ギルドから出て行くエレンをいつもの営業スマイルの五割増しで見送るのは、登録からの担当受付嬢ミィナ。

エレンの姿が見えなくなると、ミィナは肩の力をどっと抜いて受付嬢にあるまじきため息をこぼす。

受付嬢としてもまだ新人のミィナには、少しの間とはいえ、自分をよく見せるのはそれなりに疲れるのである。

「ちょっとぉー。なに今のぉー？」

そんなミィナにちょっかいを出すのは、先輩受付嬢のサーシャ。

数いる受付嬢の中でも冒険者たちからの圧倒的な支持を誇るサーシャはその豊満な胸を揺らしながら、ミィナに絡む。

「もしかしてさっきの子、ミィナのお気に入り？」

「なっ!?」

サーシャの言う「お気に入り」というのは、毎日多くの雑務をこなす受付嬢たちの間で人気の話題である。

受付嬢たちはまず自分が担当している冒険者たちの中から、有望そうだと思う冒険者を一人選ぶ。

そしてその冒険者たちの活躍ぶりを、他の受付嬢たちのお気に入りと競うのだ。

もちろんそんなことは冒険者たちには言えない。

しかしこれはあくまでも受付嬢たちが冒険者たちの力量や素質を見抜く能力を鍛えるための訓練の一環として行われているのである。

まあ最近ではもっぱらゴシップ的な意味で捉える受付嬢たちが増えてきているが、そこは今は置いておこう。

ただそんな中で、受付嬢になって間もないミィナは未だに自分のお気に入りを見つけておらず、他の先輩受付嬢たちからも選り好みしすぎていると言われていた。

そして今回、そんなミィナがひとりの冒険者に対してやけに親身に世話を焼いている姿を、サーシャは見逃さなかった。

「そ、そんなことない、こともないかもしれないです……」

「おぉー！　遂にミィナの初めてを貰う冒険者が現れたかっ」

「へ、変な言い方しないでください！」

顔を赤らめながら叫ぶミィナを無視して、サーシャは先ほどまでギルドにいた件の冒険者のことを思い浮かべる。

「見た感じ、冒険者にしてはちょっと細すぎるような気もするけど……。因みに彼は何の依頼を受けていったの？」

「エレンさんですか？　それなら薬草採取の依頼を受けていきましたけど……」

「や、薬草採取ぅ？　な、何でまたそんな誰も受けないような地味な依頼を」

「エ、エレンさんはまだ冒険者登録したばかりですし、それは仕方ないと思います！」

「登録したばかりにしたって、普通の冒険者なら何かの討伐依頼くらいは受けるわよ？　実際、これまでに薬草採取の依頼を受けたりした冒険者なんかを見たことある？」

「そ、それは確かにありませんけど、エレンさんは慎重なんです！」

「慎重ねぇ？」

事情を知らない冒険者たちからすれば、二人は仲睦まじい職場の先輩後輩のやりとりをしているように思うだろう。

しかしその実は、相変わらず疑いの眼差しを向けてくるサーシャに憤慨したミィナが「もういいです！」と頬を膨らませていたのだった。


それからしばらくして。

「ただいま戻りました」

薬草が入っているのだろう袋を携えたエレンがギルドに戻ってきた。

「お疲れ様です！　どこも怪我とかはしていませんよね？」

「はい、大丈夫ですよ。どこも怪我していません」

戻ってくるなり、隙を見せれば身体をぺたぺたと触ってきそうなミィナに苦笑いを浮かべるエレンだったが、とりあえずカウンターに袋を置く。

「依頼の薬草です。お願いします」

「分かりました！　少々お待ちください！」

袋を受け取ったミィナは一度カウンターの奥へと戻る。

するとどうやらエレンが帰ってきていたのを見ていたらしいサーシャが待ち構えていた。

「かなり時間がかかった割には、持って帰ってきた薬草はそんなに多くないねぇ。やっぱり冒険者としてはあんまり期待できないんじゃないの？」

「そ、そんなことはないです！　それに仕事だって早ければいいってわけじゃないですから！」

しかしミィナはあくまでサーシャの言葉を強く否定する。

そして採取してきてもらった薬草の量や質などを黙々と調べる。

「まあミィナがそれでいいなら、あたしもそれで良いんだけどさぁ」

そんな姿にサーシャはつまらなそうに呟きながら、カウンターの前で待っているエレンを盗み見る。

やはりどう見たって、受付嬢がお気に入りに選ぶような冒険者には見えない。

恐らく他人に口を出されたことで意固地になってしまっているのか、それとも単純にエレンの容姿がミィナにとって好みのタイプなのかの二択だろうが、何にしたってもう少しまともそうなのを選ぶべきだ。

お気に入りに選んだ冒険者の活躍は、受付嬢の間でも少なからず影響してくる。

このままではミィナは他の受付嬢の先輩たちから馬鹿にされたりしてもおかしくはない。

それがサーシャは少し心配だった。

「ねぇそこのあなた、もし良かったらこれからはあたしのところで依頼とかを受注しない？」

しかしそんなことは露程も知らないエレンは、突然声をかけてきたサーシャに思わず戸惑っていた。

「えっと、どちら様でしょうか？」

「あたしはここのギルドで受付嬢をしているんだけど、あなたにはあたしのカウンターで仕事をしてもらいたいなぁと思って」

甘い声で誘惑するサーシャに、それを周りで見ていた冒険者たちは「あのサーシャちゃんにそんなことを言われるなんて、一体どこのどいつだ！」とざわつき始める。

「あなたにとってもそんなに悪い話じゃないと思うんだけど。あなただって、ここの貧相な身体の子よりも大人っぽい女の人の方が良くなぁい？」

ここまで言えば、どれだけ澄ました顔をしている男でもイチコロだろう。

余裕の笑みで、そう思っていたサーシャだったが……。

「あ、僕はそういうのは大丈夫です」

眉一つ動かすことなく、サーシャの提案はあっさりと断られてしまった。

これにはさすがのサーシャも思わず動揺する。

「ど、どうして？　あたしはここに勤めてからもそれなりに長いし経験だって豊富よ？　これから冒険者として活動していくなら、そっちの方が絶対に良いと思わない？」

必死に自分をアピールするサーシャに、エレンは一瞬だけ考えるような素振りを見せるが、やはりすぐに首を横に振る。

「やっぱり遠慮しておきます。別に本格的に冒険者として活動していくわけではないですし。ゆっくり活動していけたら十分です」

「なっ!?」

固まるサーシャを無視して、エレンは「それに……」と呟く。

「ミィナさんは凄くよくしてくれていますし、出来ればこれからもお願いしたいです」

「……そう。なら仕方ないわね」

エレンにその気がないのだと悟ったサーシャは、意外にも早々に身を引く。

すると偶然なのか見計らっていたのか、そのタイミングでミィナが薬草の査定を終えてカウンターに戻ってきた。

「あれ、サーシャ先輩？　こんなところで何を……ってまさかエレンさんにちょっかいを出したりしてませんよね!?」

「何であたしがそんなことをしないといけないのよ」

息をするように嘘を吐いていくサーシャ。

思わずエレンも苦笑を浮かべるが、あえて何かを言うつもりもなかった。

「お、お待たせしてしまってすみません。これが今回の報酬となります」

時間がかかってしまったことを申し訳なさそうにしながら、ミィナが報酬の入った袋をエレンに渡す。

エレンは特に中身を確認するでもなく、「そういえば……」と何かを思い出したように呟く。

「途中でリザードに襲われたので倒したんですけど、ここのギルドってモンスターの一部を持ち帰れば討伐報酬が貰えるんでしたよね？」

それは薬草採取に行く前に色々と教えた規約の中に含まれていた内容だ。

教えたことを早速実践してくれたのだ、とミィナは少し嬉しい気持ちになりながら頷く。

因みに討伐したモンスターは素材としても売ることが出来ると伝えてあるのだが、恐らく持って帰ってくるのが難しかったのだろうとミィナは予想する。

「じゃあ、これお願いします」

エレンはそう言うと、おもむろにポケットから取り出した何かをカウンターの上に置く。

「これは――――爪、ですか？」

カウンターに置かれたそれを見て、ミィナが訝し気に呟く。

とは言っても、新人受付嬢であるミィナにリザードの爪に対する知識がないわけではない。

むしろリザードは街の外にも数多く生息しているので、一日に一回くらいは目にしていると言ってもいいくらいだ。

しかし、エレンが持って帰ってきたリザードの爪は、少なくともこれまでにミィナが見たことがないものだった。

確かに爪であることは間違いないだろう。

だがエレンが持ってきたそれは、リザードの爪とは比べ物にならないくらいに大きかったのである。

ただ、その表情を見る限りではエレンが嘘を吐いているようには思えない。

だとすると単なる経験不足という考えがミィナの頭に思い浮かぶ。

しかしそれならちょうど良いタイミングで、ここには経験豊富な先輩受付嬢がいるではないか。

早速聞いてみるべく隣に立つサーシャの顔を見上げたミィナは、そこでようやくサーシャが信じられないものを見るような目でカウンターのそれを見つめていることに気が付いた。

「サ、サーシャ先輩……?」

いつも大人の余裕を絶やさないサーシャの初めて見る姿に、ミィナも戸惑う。

しかしそんな後輩の視線にさえ反応する余裕がないほどに、サーシャの視線は目の前に置かれたそれに釘付けになっていた。

「ちょ、ちょっとこれ借りてもいいかしら？」

「？　別に構いませんけど……」

そんなサーシャだったが、しばらくして我に返ったと思いきや、今度はカウンターに置かれているそれをどこかへ持って行ってしまった。

慌てた様子でカウンターの奥へ消えていく先輩受付嬢に、ミィナは一抹の不安を感じずにはいられなかった。


その日、ギルドマスターはいつも通り部屋に籠って身体を休めていた。

これでも昔は凄腕冒険者として名を馳せた実力の持ち主で、現役を引退した今でもそこらの冒険者には後れを取ったりすることはない。

しかし、突然勢いよく部屋の扉が開けられ、受付嬢の一人が慌ただしく飛び込んできたのにはさすがのギルドマスターも驚いた。

「マ、マスター！　こ、これを見てください！」

「何じゃ藪から棒に。いつものお前らしくもない」

ギルドマスターの言葉もろくに聞かず、サーシャは持ってきたそれをギルドマスターに見せる。

「これは、ワイバーンの爪か……？」

それを見た途端、ギルドマスターはそれまでの暢気な表情から一変して真剣な面持ちになる。

そしてギルドマスターの言葉を聞いたサーシャも、ごくりと喉を鳴らす。

「やっぱり、これってワイバーンの爪ですよね？」

「あぁ、儂も現役時代に数回しか拝んだことがないが恐らく間違いないだろう。……それで、これを一体どこで手に入れたんじゃ？」

サーシャは先ほどの少年の姿を思い出しながらギルドマスターに説明する。

「つい先日、冒険者登録をしたばかりのエレンという少年が持ち帰ってきまして……。因みに制服を着ていましたので恐らく学園の生徒かと」

「学生？　ということはそのエレンという冒険者は、どこかでワイバーンの死体を見つけたということか？」

「その、それが……」

ギルドマスターのその質問に、サーシャは一瞬どう答えるべきか迷うような表情を浮かべたかと思うと、何かを諦めたように小さく息を吐く。

「実はそのエレンという冒険者曰く『自分が倒したのはリザードだ』とのことで」

「…………は？」

言い難そうに告げられるサーシャの言葉に、ギルドマスターは意味が分からないといったように首を傾げる。

「ワ、ワイバーンを自分で倒したとか言うのではなく？」

「は、はい。あくまで倒したのはリザードだと」

もしエレンが「ワイバーンを倒しました。これが証拠の爪です」と言っていたのなら、ギルドマスターは思わず鼻で笑っていたことだろう。

自分の実力を高く見せるためにそういうことをする馬鹿な冒険者が偶にいるのだ。

しかしエレンは逆にワイバーンの爪を持ち帰ってきておきながら、自分が倒したのはリザードだと言っているから、意味が分からないのである。

リザードといえば、駆け出し冒険者でも倒せてしまうような言わずと知れた雑魚モンスターだ。

片やワイバーンは、ギルドマスターが現役の頃でも単独での討伐は難しかっただろうという凶悪なモンスターだ。

もしワイバーンを単独で倒せるものなら、冒険者などで収まる器ではない。

それこそ各国が挙《こぞ》って引き抜きにやって来るだろう。

「……そのエレンという冒険者を連れてきてくれるか？」

「は、はい。すぐに連れてきます」

そう言って来た時と同じように慌ただしく部屋を出て行ったサーシャだったが、それから少しすると部屋に戻ってくる。

どういうわけか、一人で。

「ん？　件の冒険者はどうした」

「そ、それが、どうやら帰ってしまわれたらしくて……」

「なっ!?」

サーシャがカウンターに戻った時既に、そこにエレンの姿はなかった。

暢気に事務作業をしているミィナを問い詰めてみると、何でも「あまり遅くなったら家の人に心配されちゃうので」と言って帰っていってしまったらしい。

どうして引き留めておかなかったのかと思わず責めそうになったが、新人のミィナには厳しいだろうと思いなおすと失意のもとにギルドマスターのいる部屋に戻ったのだった。

「困ったな。それでは何の手がかりもないぞ」

「そういえば、倒したというリザードの素材などは持ち込まれていなかったので、もしかしたらそのまま放置している可能性があるんじゃないでしょうか」

「……なるほど。実際にワイバーンの爪が持ち込まれている以上、調査してみる理由としては十分じゃな。すぐに手配してくれるか?」

「了解しました」

ギルドマスターの言葉に頷いたサーシャは、早速準備するために一礼して部屋を出た。

「しかし、困ったことになったたな……」

ギルドマスターは部屋で一人、ソファーに座りながら苦々しく呟いた。

実はほんの数分前まで、この部屋にはワイバーンを倒したという件の冒険者――エレンがいた。

もちろん先日ギルドに持ち込まれた「ワイバーンの爪」についての聴取を行うためだ。

しかしその結果は少なくとも良いものとは言えなかった。

というのも、今回ギルドマスターは「ワイバーンを倒せるだけの冒険者がいる」ということを確かめたかったのである。

だが、エレンは初めからずっと一貫して「自分が倒したのはリザードだ」と主張し続けた。

もしエレンが倒したのが、本当にリザードであるなら何も問題はない。

しかし……と、ギルドマスターは手元の報告書に視線を落とす。

それは調査隊によるワイバーンの死体を発見したという旨の報告書だ。

普通ならワイバーンの死体が見つかったという時点で相当な大事なのだが、今回はそれ以上にどうにかしなければならない事態が発生した。

というのも、その報告書にはこう記されていたのである。

『ワイバーンの死体を発見。その図体をまるで大きな何かが貫通したような跡があり、恐らくそれが致命傷と思われる』

「……ワイバーンに風穴を開けるなんて芸当がどうやったら出来るんだ」

ギルドマスターのかつての冒険者仲間には優秀な魔法使いがいた。

その魔法使いは基本属性全ての上級魔法を使うことが出来て、様々な困難の際に幾度となく助けられたことを今でも覚えている。

しかしそんな彼でさえ、ワイバーンの図体に風穴を開けられるだけの強力な魔法を使えるかどうかと聞かれれば、間違いなく首を横に振るだろう。

となれば残された可能性は――。

ギルドマスターは持っていた報告書を机の上に置くと、大きなため息をこぼす。

「……嘘を吐いている、ようには見えなかったのだがな」

とはいえ、エレンの言っていることと辻褄が合わないことは確かだ。

であればやはり、ギルドの長としてどうにか真実を確かめなければならない。

「そのためにはまず……」

ギルドマスターは何かを呟くと、これからの計画を一人で練り始めた。


「指名依頼、ですか？」

ギルドのカウンター前で、エレンが困惑ぎみに尋ねる。

しかしそれも無理はない。

エレンはギルドに冒険者登録してからというもの、まだ数回しか依頼を受けていない。

普通に考えたら、そんな新人冒険者に指名依頼など来るはずがないのだ。

だが対するミィナは興奮ぎみに鼻息を荒くしている。

「エレンさん！　これは快挙ですよ！」

「も、もはや快挙というより暴挙のような気がするんですが……」

しかしそうは言ったものの、ミィナの「もちろん受けますよね!?」という期待の眼差しを前にして断るのは至難の業だろう。

エレンは小さくため息をこぼすと、とりあえず依頼の内容を聞いてみることにした。

「……つまり、僕は行商人の方の護衛をすればいいということでしょうか？」

「はい、そういうことです！」

依頼の説明を聞いたエレンは少しだけ迷うような素振りを見せる。

「護衛っていうことは時間的にも結構拘束されますよね？　家の人たちにあまり心配とかはさせたくないので、出来ればあまり何日もかかるような依頼は受けたくないんですが」

「そ、そうなんですか？」

エレンの言葉に、今度はミィナが難しそうな表情を浮かべる。

というのも行商人の護衛ともなれば少なく見積もっても数日は帰れないと考えるべきだろう。

しかしだとするとやはりエレンは今回の指名依頼は受けるつもりがない、ということになってしまう。

せっかくの指名依頼なのに勿体ない気もするが、いくら指名依頼だからといって無理やり受けてもらうわけにはいかない。

依頼主には申し訳ないが今回の指名依頼はやはり難しそうだという旨を伝えなければいけなそうだ、とミィナが少ししょんぼりしながら思っていると……。

「お、もしかしてお前がエレンっていう冒険者か？」

突然、第三者の声が降ってくる。

エレンが振り返った先にいたのは見知らぬ男だった。

「あの、どちら様でしょうか？」

一方的に自分のことを知られていることに僅かに警戒の色を見せながら、エレンが尋ねる。

するとその男は自分に敵意がないことを示すように両手をひらひらさせながら、すぐに自己紹介に入る。

「俺はゴッセル。お前に指名依頼を出した行商人の仲間だ」

「その件についてですが……」

もしかして直接エレンを迎えに来たのかと思ったミィナが、エレンに指名依頼を受けるつもりがない旨を伝えようとするとゴッセルが手で制す。

「実は偶然話してる内容が聞こえてな。何でも時間がかかりすぎるのは嫌だとか」

「はい。ですので申し訳ないんですが指名依頼は――」

「まあ待ってくれ。こちらとしても出来るだけ譲歩はするつもりだ」

「譲歩、ですか？」

エレンとミィナは顔を見合わせながら首を傾げる。

「もしエレンが希望するなら、この護衛は日帰りで出来そうなところまででいい」

「え、でもそうしたら途中から護衛がいなくなってしまうのでは？」

「実はこう見えて俺、昔はそれなりに腕の立つ冒険者だったんだよ。ある程度まで護衛してくれたら、後はこっちで何とかする」

「なるほど……」

確かにそういうことならエレンとしても別に断る理由はない。

それに指名依頼というのは、それだけで冒険者としても箔がつく。

「分かりました。指名依頼をお受けしようと思います。……ただ一つ質問してもいいですか？」

これまで話をしていてエレンには唯一気になることがあった。

「どうして、僕を指名したんでしょうか？」

先にも述べたようにエレンは新人も新人。

ろくに依頼の数もこなしていない。

それにここは冒険者ギルドというだけあって、周りには屈強そうな冒険者たちが溢れかえっている。

普通に考えて、その中からエレンが選ばれることはないだろう。

それなのにどうしてエレンを選び、加えてそこまで譲歩してくれるのか、気になるのはむしろ当然だった。

「昔からの知り合いに推薦されてな。変な冒険者を雇うよりかは、そっちの方が信用できると思ったのさ」

「は、はぁ」

確かに言いたいことは分からなくもないが、その昔からの知り合いというのが一体誰なのか気になった。

しかしそこまで聞くのは野暮かとも思いなおし、改めて指名依頼を正式に受ける手続きを進めた。

「おう。今日はよろしく頼むぜ」

「こちらこそよろしくお願いします」

数日後、依頼に指定されていた場所に集まったエレンは改めてゴッセルと挨拶を交わす。

恐らくすぐ近くにある荷馬車の中に行商人もいるのだろう。

それにしても、とエレンは周りを見渡して尋ねる。

「随分と少ないんですね？」

「あぁ。御者は俺が務めるから、中にいる商人と合わせても全部で三人だな」

すると声を聞いたからか、荷馬車の中から商人と思しき丸顔の男が顔を覗かせる。

「今日はよろしく頼みますぞー！」

「おう！　任せとけ！」

エレンも軽く会釈を返すが、商人も手を振り返してくる。

どうやら随分と人の良さそうな商人らしい。

商人といえばどこか威張り散らしているような感じを勝手に想像していたエレンは、いい意味で裏切られたのだった。


「今日は全然モンスターに遭わないな！」

それからエレンたちの道中はモンスターに襲われることもなく、かなり順調に進んでいた。

エレンに至っては護衛として何かをすることもなく、事前にここまでと話していた場所まで着いてしまいそうである。

「でもおかしいなぁ。前ここを通った時は、こんなにモンスターも少なくなかったはずなんだが……」

不思議そうに首を捻るゴッセルだったが、モンスターに襲われないならそれに越したことはないと判断したのか、それ以上は特に何も言わない。

――――その時だった。

『グギャアアアアアアアア』

「な、何だ⁉」

突然、辺りに響く巨大な咆哮。

ゴッセルは油断なく辺りを警戒し、行商人も不安そうに馬車から顔を覗かせている。

しかし次の瞬間、目の前に現れたそれを見て、二人とも思わず目を見開いた。

「ワ、ワイバーン!?」

翼をはためかせながら空から悠然と現れたワイバーンは、巨大な牙を口元にチラつかせている。

かつて冒険者だった経験のあるゴッセルは、目の前のモンスターが到底自分に敵う相手ではないということを理解していた。

普段なら逃げの一手を選ぶところだが、護衛対象がいる以上、そんなことをするのはプライドが許さない。

しかしそうは言っても絶望的な状況なことに変わりはない。

どうすればこの状況を打開できるか。

必死に考えを巡らせるが、全く良い案が浮かばない。

「……くそっ！」

ゴッセルは思わず悪態を吐く。

このままでは運が良くても三人の内の一人でも生き残れるかどうかというところだろうか。

少なくともかなりの可能性で全滅の未来が今も着々と迫ってきている。

しかしその時、不意にエレンがワイバーンの前に躍り出た。

「なっ……!?」

あまりに突然だったために止める暇もなかった。

商人とゴッセルが最悪の未来を想像した、その時。

「求めるは灼熱」

聞いたこともない詠唱を唱えるエレンの声が聞こえてきた。

「それは全てを燃やし尽くすまで。塵と化せ――劫火」

その瞬間、ゴッセルの視界は真っ赤な炎によって包まれた。

何が起こったのか、初めは分からなかった。

しかし、すぐにこの状況を作り出したのはエレンであるということをゴッセルは悟った。

「………………」

エレン以外の二人がただ茫然としている中で、次第に炎が消えていく。

そしてそれが完璧に消えてなくなった時、そこにいたはずのワイバーンは跡形もなく消滅していた。


ここは、冒険者ギルドの一室。

そして今、ギルドマスターの前には一人の男がソファーに座っていた。

その男とは、先日エレンと依頼を共にしたゴッセルその人である。

実は、ギルドマスターとゴッセルはかつて同じパーティーの仲間として冒険者活動に励んだ旧知の仲だ。

「今回は妙な頼み事をしてしまってすまんかったな」

ギルドマスターは申し訳なさそうに頭を下げる。

というのも今回ギルドマスターは旧友であるゴッセルに一つの頼み事をしていた。

その頼みを果たすために、ゴッセルは色々と根回しして指名依頼などを受注したりしたのだ。

「それでどうじゃった？　件の冒険者は」

「……あれは、俺の知らない魔法だった」

ギルドマスターの問いに、ぽつりと呟く。

かつて冒険者として活躍していたゴッセルは、その屈強な見た目とは裏腹に後衛職の一番星とも呼ばれた魔法使いの一人だった。

全ての基本属性の上級魔法を使いこなすゴッセルは、仲間たちからもかなり信頼されていた。

そんな優秀な魔法使いのゴッセルだが、先日のエレンが使った魔法は少なくとも自分が知っている魔法とは明らかに一線を画していた。

まさに人智を超えたと表現するのが相応しい。

誇張などでは決してなく、ゴッセルは本気でそう思った。

「あれは、最上級魔法だ」

緊張の面持ちのギルドマスターに、ゴッセルは断言する。

今回のギルドマスターからの頼み事というのは、エレンの実力を調べて欲しいというものだったのである。

最上級魔法が使えるということが分かった今、エレンが相当な実力者であるということは十分に証明されただろう。

これで今回の頼み事も終わりだと思っていたゴッセルだったが、ふとギルドマスターの表情が優れないことに気が付いた。

「……ゴッセル。お前が見たというのは火属性の最上級魔法ということで間違いないのだな？」

「俺が見たのは炎だったが、それがどうかしたか？」

「……実は以前にエレンが倒したと思われるワイバーンには巨大な風穴が開けられていたのじゃ」

「なっ……！？」

告げられた事実に、ゴッセルは絶句する。

そもそも上級程度の魔法では、ワイバーンに致命傷を与えるのは難しい。

かと言って火属性の魔法では物理的に考えて、風穴を開けるなんてことはまず出来ない。

しかしそうであればエレンは少なくとも二属性の最上級魔法を使えるということに他ならない。

「最上級魔法を使えるってだけでも英雄の仲間入りなのに、二属性の最上級魔法を使いこなす魔法使いなんてのがいるんだったら、とうに人間やめてるとしか思えない」

「魔法使いとして実力の高いお前でも、やはりそう思うか」

「当たり前だ。最上級魔法といえば、それだけで各国からはかなりの好待遇で引く手数多。つまりはそれくらいの価値があるってことだ」

ゴッセルの言葉に、ギルドマスターは難しそうな表情を浮かべて唸る。

その頭の中には最上級魔法とは別に、もう一つ悩みの種があった。

「本人が頑なに自分の実力を認めないのは、何か理由があるんだろうか」

「それは俺も思った。結局最後まで、自分が倒したのはリザードだったと言い張っていたし」

ギルドマスターの言葉に、ゴッセルも頷く。

「もしかしたら冗談とかじゃなく、全部本気で言っているのかもしれん」

「その可能性は確かにあるかもしれないな。まあ万が一そうだったとしたら、そっちの方が問題だが」

もしエレンが本当に自分の実力を理解していないとしたら、それがいつ周りに被害をもたらすか分からない。

下手をすれば何百人、何千人といった被害が出るかもしれない。

そうなった時にギルドがどれだけの責任を被ることになるかはこの際置いておくとしても、さすがにそんな爆弾とも思えるような存在を野放しにしていていいものだろうか、と二人は頭を悩ませる。

「……だが、下手に刺激して暴れられた時のことを考えたら、今のところは静観しておいた方がいいのかもしれんな」

「ただ、さすがに新人冒険者という枠に当てはめておくべきではないだろう。異例ではあるが、今回は特例としてギルドランクを昇格させておくべきだ」

ゴッセルの意見に、ギルドマスターも異論はない。

頑なに実力を認めようとしないエレンからしてみれば嫌な話かもしれないが、ここはギルドマスターとしての責務を果たす時だ。

そして、用事の済んだゴッセルは部屋を出て行き、ギルドマスターは異例の昇格のための書類を作り始めた。


「凄いじゃない！　あんたのお気に入り、異例のAランク昇格だって！」

「わ、私はエレンさんならそれくらい当然だと最初から思ってましたし！」

「別に見栄を張らなくていいから。それよりもほら、噂をすれば早速来たわよ」

サーシャにからかわれていたミィナだったが、ギルドにやって来た人物を見て慌てて身なりを正す。

「っ……！　お、お久しぶりです。エレンさん」

「あ、ミィナさん。お久しぶりです」

実はミィナは今日、エレンが来ることを事前に知っていた。

というのもギルドマスターから直々に、エレンにランク昇格の件について説明してくれというお達しが来ていたのだ。

「あの、少しでも良いからギルドに立ち寄ってほしいと言われたので来たんですけど……」

「あっ、はい！　今日はエレンさんにお渡しするものがありまして……」

そう言ってミィナはカウンターの引き出しから取り出したものを、エレンに手渡す。

「これって、ギルドカードですか……？」

「はい！　実はエレンさんの功績が認められて、異例のAランク昇格が決まったんです！」

「は、はぁ……」

興奮ぎみに腕を振り回すミィナとは対照的に、どこか気乗りしない様子のエレン。

「じゃあ今持ってるギルドカードは返さないといけないんですよね？」

「は、はい。お預かりします」

何か粗相をしてしまったのだろうかと慌てるミィナだったが、とりあえずエレンからギルドカードを受け取る。

その時にエレンはどこか名残惜しそうにギルドカードを目で追っていた。

もしかしたらAランク昇格というのが、本人にとっては望む結果ではなかったのかもしれない。

だとしたら悪いことをしてしまっただろうか、と僅かに罪悪感が生まれる。

しかしそれなら謝罪の意味も込めて自分に出来ることを何かするべきだろう、とミィナは考える。

そういえば以前にアニビア国には留学してきたということを聞いた。

それなら街案内を買って出てみるのも良いかもしれない。

休日に二人で……と本来の謝罪の意図があるのもすっかり忘れて、ミィナが期待に胸を膨らませていた時だった。

「エレンさん、こんなところにいたんですね！」

白髪の聖女が、目の前に現れた。

「急にいなくなったりするから捜しましたよ！　もう勝手に離れたりしないでくださいね！」

「す、すみません」

これまた随分と親しげな様子で、エレンに詰め寄る。

そしてそのままエレンの手を引っ張って、ギルドから出て行ってしまった。

「……い、今のってリュドミラ家のご令嬢よね？」

カウンターの奥から見ていたらしいサーシャが驚きの表情で呟く。

しかしそれ以上に驚かされたのは目の前からエレンを掻っ攫われたミィナの方である。

ミィナは今しがたちょうど受け取ったばかりのギルドカードに視線を落とす。

「……今日はなにか美味しいご飯でも奢ってあげるわ」

するといつもはミィナをからかってばかりのサーシャが、珍しく慰めるようにミィナの肩にポンと手をのせた。

「本当なんだって！　とんでもない魔法使いがワイバーンをあっという間に燃やし尽くしちまったんだよ！」

某国の酒場。

そこでは一人の丸顔の男が、先日経験した出来事を知り合いたちに熱弁していた。

「馬鹿言うなよ。ワイバーンって言ったら、腕のいい魔法使いを何人も揃えても倒すのは難しいんだぜ？　それを一瞬で跡形もなく燃やし尽くすなんて、それこそ最上級魔法くらいじゃないと再現できないだろ」

「それならきっと俺が見たのが最上級魔法だったんだよ！」

しかし、男の言うことを信じてくれる者は誰一人としていない。

男は「見たことをありのまま話してるだけなのに……」と口を尖らせながら酒を呷る。

「ちょっと良いかしら？」

「……あ？」

すると突然、男たちのテーブルに話しかけてくる者がいた。

振り返るとそこには明らかにこんな酒場とは縁のなさそうな少女が仁王立ちしていた。

こんなところにガキが来てんじゃねえよ、と言いそうになった男たちだったが、少女のすぐ後ろに控える甲冑を着た騎士たちに思わず喉を鳴らす。

そんな男たちなど意に介する様子もなく、少女は丸顔の男に話しかける。

「あなたが今話してた最上級魔法を使える魔法使いのこと、教えてくれないかしら？　まさかとは思うけど、断ったりはしないわよね？」

有無を言わせない雰囲気に、丸顔の男はだらだらと冷や汗を垂らしながら、ただ頷くことしかできなかった。

あとがき

初めましての方は初めまして。そうでない方もお久しぶりです。

改めまして、きなこ軍曹です。

今回「アース・スターノベル」様から有難くもお声かけをいただき、今作『たとえばお伽噺に出てくるような、そんな魔法使い』を出版していただけることになりました。

この作品を作るにあたって一番最初に考えた（というよりは思い付いた）のは、あらすじです。

あらすじについてはウェブの方を読んでいただけたら分かると思いますが、主人公の「お伽噺じゃないんですから」という決め台詞（？）が作者的にいたく気に入り、気付けば一話目、そして二話目を書いていていました。

そのせいで作品全体を見た時に拙い部分も少なからずあったかと思います。

作者として己の未熟さを呪うばかりです……。

しかしそれでもこの場で皆さんにお会いできたことは、作者として感激の極みです。

この作品を一冊の本にするにあたって力添えいただきました担当編集さま。

拙い文章を素敵なイラストで飾ってくださった裕さま。
関係各所の皆さま、本当に感謝しております。
そして最後に、この本を手に取ってくださった方々に最大限の感謝を。
またこの場でお会いできますことを、心より祈っております。

リリアンヌの立ち絵
& 表情集です。
こういった設定的なもの描くの
楽しくて好きです。

2018.04 裕

好評連載中!!!!
1億8000万PV超の
大人気転生ファンタジー
シリーズ累計
40万部突破!
人狼への転生、魔王の副官
漂月
ILL.西E田
最新刊!
1.魔都の誕生
9.魔王の花嫁
シリーズ好評発売中!
2.勇者の脅威
3.南部統一
4.戦争皇女
5.氷壁の帝国
6.帝国の大乱
7.英雄の凱旋
8.東国奔走

コミカライズも
魔王軍第三師団の副師団長ヴァイト——それが、
人狼に転生した
俺の今の姿だ。
そんな俺は交易都市リューンハイトの
支配と防衛を任されたのだが、
魔族と人間……種族が違えば考え方も異なるわけで、
街ひとつを統治するにも苦労が絶えない。
俺は元人間の現魔族だし、両者の言い分はよくわかる。
だからこそ平和的に事を進めたいのだが……。
やたらと暴力で訴えがちな魔族を従え、
文句の多い人間も何とかして、
今日も魔王軍の中堅幹部として頑張ります！

小説家になろう
50万作品の
年間ランキング
第2位!
続々重版中!
アニメ化
企画進行中の大人気作!!
私、能力は平均値でって言ったよね!
FUNA
私、能力は平均値でって言ったよね!
FUNA

私、能力は平均値でって言ったよね!
FUNA
亜方逸樹

たとえばお伽噺に出てくるような、そんな魔法使い

発行 ―――― 2018年5月16日　初版第1刷発行

著者 ―――― きなこ軍曹

イラストレーター ―――― 裕

装丁デザイン ―――― 舘山一大

発行者 ―――― 幕内和博

編集 ―――― 古里 学

発行所 ―――― 株式会社 アース・スター エンターテイメント
〒107-0052　東京都港区赤坂 2-14-5
Daiwa 赤坂ビル 5F
TEL：03-5561-7630
FAX：03-5561-7632
http://www.es-novel.jp/

発売所 ―――― 株式会社 泰文堂
〒108-0075　東京都港区港南 2-16-8
ストーリア品川
TEL：03-6712-0333

印刷・製本 ―――― 中央精版印刷株式会社

ISBN 978-4-8030-1187-6